에이스가
되자

WISHBOOKS MODERN FANTASY STORY

한지훈 장편소설

도망치지 않아!

에이스가 되자 1

한지훈 장편소설

초판 1쇄 찍은 날 | 2017년 4월 28일
초판 1쇄 펴낸 날 | 2017년 5월 10일

지은이 | 한지훈
펴낸이 | 예경원

기획 | 위시북스
편집책임 | 박우진
편집 | 이즈플러스

펴낸곳 | 예원북스
등록번호 | 제396-2012-000132호
등록일자 | 2012. 7. 25
KFN | 제1-099호

주소 | 경기도 고양시 일산동구 호수로 646-24 위너스21Ⅱ빌딩 206A호 (우)10401
전화 | 031-819-9431 팩스 | 031-817-9432
E-mail | yewonbooks@naver.com

ISBN 979-11-6098-232-9 04810
     979-11-6098-231-2 (set)

에이스가
되자

WISHBOOKS MODERN FANTASY STORY

한지훈 장편소설

도망치지 않아!

1

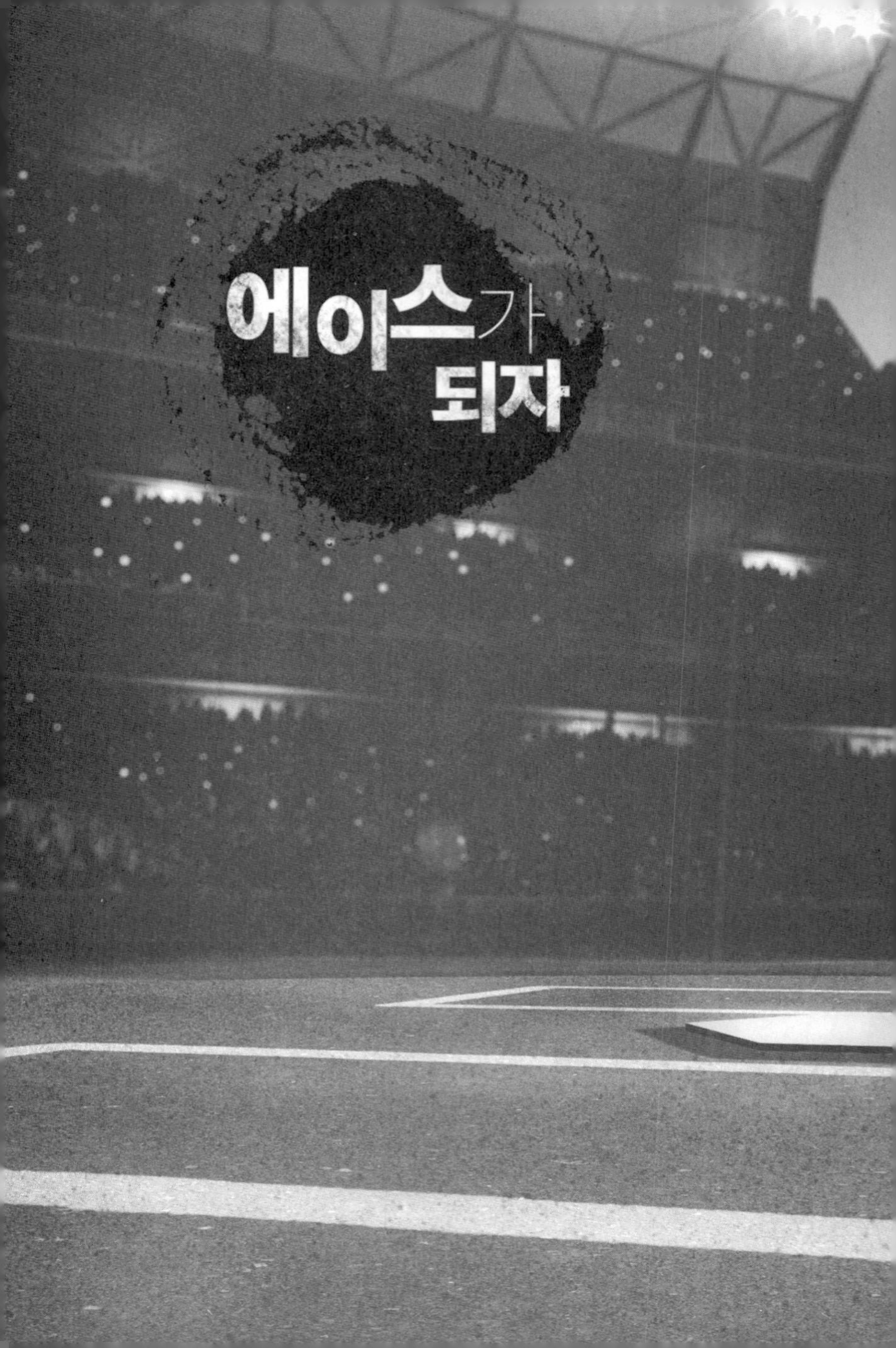
에이스가
되자

CONTENTS

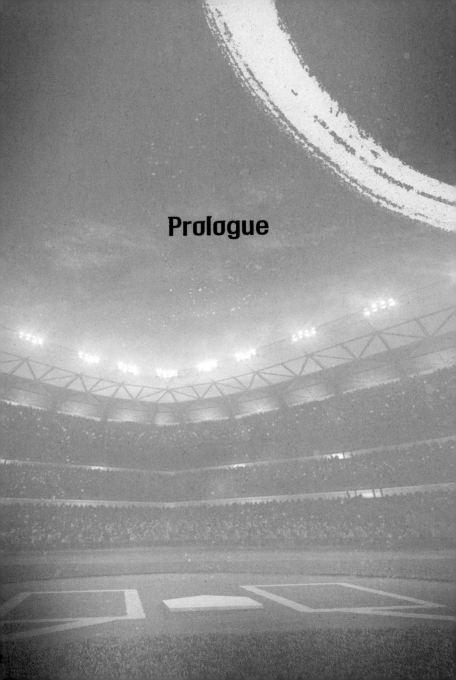

Prologue

[고양 스타즈 2026 퓨쳐스 리그 북부 리그 우승]

큼지막한 축하 현수막이 걸린 삼겹살집 안에서 신생 팀 고양 스타즈의 우승 축하연이 펼쳐졌다.

"우리 내년에는 몇 위나 할 수 있을까?"

"글쎄. 그래도 꼴찌는 안 하겠지?"

"구단에서 FA 몇 명 잡아주면 포스트 시즌도 노려볼 만하지 않겠어?"

"야, 인마. 김칫국부터 마시지 마. 신생 팀이 무슨 포스트 시즌이야. 다이노스도 2년 만에 포스트 시즌 진출했는데."

"그래, 그런 거 고민하지 말고 술이나 빨자."

"크흐흐. 그래도 우승 보너스는 섭섭잖게 들어오겠지?"

내년 시즌부터 프로 리그에 올라갈 팀의 주축 선수들은 따로 테이블을 차지하고 앉아 기분을 냈다. 모두가 고생해서 일궈낸 우승이었지만 스포트라이트는 열댓 명의 주축 선수에게만 돌아갔다.

소위 말하는 성골 출신들.

팬들에게 감사 선물을 받는 것도 구단주와 대표로 악수를 나누는 것도 전부 이들의 몫이었다.

그 주변으로 성골에 끼지 못한 진골들이 자리를 잡고 조용히 술잔을 기울였다.

고양 스타즈에서 1군이 확정된 성골은 16명. 프로 야구 1군 엔트리가 27명인 만큼 남은 11자리를 두고 눈치 싸움이 치열한 것이다.

"형은 좋겠다."

"뭐가?"

"형, 막판에 좀 던졌잖아. 스프링 캠프에서만 잘하면 1군 올라가겠지."

"짜샤, 스프링 캠프에서 감독님 눈도장 받는 게 어디 쉬운 일이냐? 게다가 또 조만간 대대적으로 선수 충원될 거 아냐."

"지금 내 앞에서 앓는 소리 하는 거야?"

"닥치고 술이나 마시자고. 이제 막 시즌 끝났는데 벌써부터

1군 타령이야?"

"그러니까 형이 만날 독기 없다는 소리 듣는 거야. 저쪽을 좀 봐. 나, 내년엔 여기 있고 싶지 않다고."

누군가 말한 저쪽에는 또 다른 무리가 모여 부지런히 삼겹살을 주워 먹고 있었다. 마치 팀의 우승은 남의 일인 것처럼 고기를 미친 듯이 해치우는 모습이 꼭 상갓집 거지 같은 느낌마저 들었다.

이들이 바로 진골도 성골도 될 수 없는 6두품.

규정에 맞추기 위해 일단 뽑아놓긴 했지만 이번 시즌이 끝나면 어찌 될지 알 수 없는 하위권 선수들이다.

물론 이들 중 일부는 내년 시즌에도 스타즈의 유니폼을 입고 퓨쳐스 리그에서 뛰게 될 것이다. 기량이 떨어진 이들은 은퇴할 것이고 스타즈의 선택을 받지 못한 나머지는 새로 야구할 팀을 찾아 기웃거리게 될 것이다.

건호는 적어도 자신은 재계약 대상이라 여겼다. 1군 무대까진 무리겠지만 올 시즌 마당쇠라 불릴 만큼 많은 이닝을 소화했으니 구단에서 그 공로를 인정해 줄 것이라 여겼다.

그래서 일부러 술을 자제했다. 혹시라도 구단 인사가 찾아왔을 때 멀끔한 모습을 보여주기 위해서였다.

하지만 조금 전 도착한 문자가 건호를 급격히 취하게 만들었다.

-건호야, 형인데……. 미안하다. 내가 잘 말해봤는데 네 나이 때문에 힘들 거 같아. 너 올해 정말 잘해줬는데……. 솔직히 나도 구단한테 실망감 든다.

재계약 불가.

사유는 고작 서른 살밖에 되지 않은 나이.

건호는 그저 헛웃음만 났다. 이러려고 진통제를 맞아가며 공을 던진 게 아닌데. 이러려고 온갖 굴욕 참아가며 버틴 게 아닌데.

문자를 보낸 최승일 코치는 감독 옆에서 열심히 폭탄주를 말아대며 깔깔거리고 있었다. 표정을 보니 구단에 대한 실망감 따위는 조금도 느껴지지 않았다.

'그동안 퍼 먹인 술이 얼마인데……!'

건호가 유리컵에 가득 담긴 소주를 단숨에 들이켰다.

꿀꺽. 꿀꺽.

조금 전까지만 해도 다디달았던 소주가 지금은 너무나 역하게 느껴졌다.

"내가 다시 말해볼 테니까 연락 기다리고 있어."

"네, 코치님. 아니, 형님. 형님만 믿겠습니다."

"그렇다고 너무 크게 기대하진 말고. 내 말, 무슨 소리인지 알지?"

최승일 코치는 건호를 억지로 밖으로 끌고 나갔다. 얼큰하게 술이 취해서 자신을 빤히 노려보는 모양새가 이대로 놔뒀다간 대형 사고를 칠 것 같은 기분이었다.

"그럼 형님, 딱 한잔만 더 합시다."

건호가 이대로는 갈 수 없다며 최승일 코치를 붙잡았다. 하지만 최승일 코치는 더 이상 건호와 엮일 마음이 없었다.

"너 취했어, 인마."

"한잔만요. 저 아직 안 취했어요."

"시끄럽고 얼른 집에 가, 얼른!"

"못 갑니다! 형님이 2차 가실 때까지 여기 있을 겁니다!"

건호는 아예 길거리에 주저앉았다. 최승일 코치가 억지로 일으켜 세워보려 했지만 키가 188㎝이나 되는 건호를 어찌하기란 쉽지 않았다.

그렇다고 감독과 다른 코치들을 놔두고 팀에서 방출될 건호와 따로 2차를 갈 수도 없는 노릇이었다.

"건호야, 근데 너 승혁이 소식 들었냐?"

"누구요?"

"승혁이, 트윈스 안승혁이!"

최승일 코치의 입에서 안승혁이라는 이름이 튀어나오자 건호가 고개를 푹 하고 떨어뜨렸다.

서울 트윈스 4번 타자 안승혁.

한때 건호와 함께 세명 고등학교에서 프로 생활을 꿈꾸었던 동기였다.

"너도 알다시피 승혁이가 얼마나 고생했냐? 네 잘못은 아니라지만 어쨌든 팀 해체되고 전학 가서 프로 지명도 못 받고 신고 선수로 입단해 현역으로 군대까지 다녀왔잖아."

"하아……. 그 이야기는 또 왜 하세요."

"왜긴 왜야. 너 정신 차리라는 소리야. 네 야구 인생 아직 안 끝났어. 동기인 승혁이는 그 고생 끝에 메이저 리그 진출한다는데 너도 여기서 이러고 있으면 안 되는 거잖아. 안 그래?"

"저도 열심히 한다고 했어요."

"열심히만 하면 뭐해? 결과가 나와야지! 승혁이는 저만큼 하는데 넌 아직 여기서 이러고 있으면 열심히 했다는 소리 하면 안 되는 거 아냐! 내 말이 틀렸냐?"

최승일 코치가 건호를 다그쳤다. 마치 스타즈와의 재계약이 불발된 게 전부 건호 탓이라는 듯이 몰아세웠다.

건호도 울컥하고 감정이 치솟았지만 현직 프로 야구 코치를 들이받을 용기는 나지 않았다.

"하아, 알았어요. 알았으니까 들어가 보세요."

건호가 힘겹게 몸을 일으켰다. 지푸라기라도 잡는 심정으로 자존심까지 버려가며 매달려 봤지만 이 짓도 더는 못 할 것 같았다.

"그래, 인마. 잘 생각했어. 건호 아직 안 죽었다? 올해는 구위도 좋아졌잖아. 그러니까 오늘내일 푹 쉬고 다시 한번 해봐. 너 아직 젊다니까?"

최승일 코치가 냉큼 건호를 부축했다. 그러고는 자연스럽게 길가 쪽으로 끌고 갔다. 건호가 이대로 삼겹살집으로 들어가서 감독에게 쓸데없는 말을 나불거리지 못하게 택시에 태워 집에 보낼 생각이었다.

하지만 건호도 더 이상 최승일 코치에게 휘둘리고 싶지 않았다.

"됐어요. 제가 알아서 갈게요."

"되긴 뭐가 돼, 인마. 그러다 사고라도 나면 어쩌려고."

"형, 아니, 코치님이 언제부터 저 신경 썼다고 이래요?"

"허, 이 자식 말하는 거 봐라. 야, 박건호! 조금 편히 대해줬더니 아주 맞먹는다 이거지?"

"어차피 스타즈 선수도 아닌데 적당히 하시죠, 최승일 코치!"

"이 새끼가 술을 잘못 처먹었나. 어디 선배한테 싸가지 없게!"

순간 발끈한 최승일 코치가 건호를 힘껏 밀쳤다. 건호가 워

낙 거구다 보니 이 정도는 해야 선배 무서운 줄 알 거라 여겼
다.

　그러나 술에 취한 건호는 좀처럼 중심을 잡지 못하고 비틀
거렸다. 그러다 제 발에 걸려 그대로 도로 쪽으로 데굴데굴 굴
러 버렸다.

　그때였다.

　부아아앙!

　저만치서 요란한 굉음과 함께 스포츠카 한 대가 나타났다.
새벽에 광란의 질주라도 하려는 듯 빨간불도 무시한 채 곧장
건호를 향해 달려들었다.

　"건호야! 뭐해! 일어나! 일어나라고!"

　불길함을 느낀 최승일 코치가 다급히 소리쳤다. 하지만 건
호는 다리가 풀려 도저히 몸을 일으킬 수가 없었다.

　"이 새끼야! 죽어! 너 죽는다고!"

　최승일 코치가 발을 동동 굴렀다. 다른 때 같았다면 몸을 날
려 건호를 구하려 들었겠지만 반쯤 차오른 취기가 그의 판단
력을 흐리게 만들었다.

　그사이 자동차는 순식간에 거리를 좁혔다. 그리고.

　쿠웅!

　건호를 그대로 들이받아 버렸다.

1장
선택

1

쿠웅! 하고 뭔가에 치이는 느낌을 받은 그 순간.

"으아앗!"

건호는 비명과 함께 자리에서 벌떡 일어났다.

그러자 어디서 많이 본 듯한 사내가 움찔 놀란 얼굴로 말했다.

"아, 아팠냐? 그러게 왜 근무 시간에 잠을 자고 그래……."

"사, 사장님?"

"뭐야, 너. 꿈이라도 꾼 거야? 무슨 땀을 이렇게나 많이 흘렸어?"

사내가 뒷주머니에서 손수건을 꺼내 건호의 얼굴을 닦아주었다. 손수건 가득 담배 냄새가 풍겨왔지만 건호는 차마 그 손길을 피하지 못했다. 그저 멍하니 서서 상황을 판단하기 시작했다.

조금 전까지 자신은 술에 취해서 최승일 코치와 실랑이를 벌이고 있었다. 그러다 정체불명의 차에 치여 튕겨져 나갔다.

그런데 막상 눈을 떠 보니 모든 게 달라져 있었다.

고등학교 시절 전학하기 전까지 주말마다 알바를 했던 편의점과 너무나도 꼭 닮아 있는 장소. 그리고 형이라 부르라 해놓고선 마지막에 월급을 떼먹었던 편의점 사장 이진성과 판박이인 사내.

둘 중 하나만 봤다면 착각이라 여겼겠지만…… 둘 다 보인다는 건 명확하지 않은 이 상황이 아르바이트를 하던 그 시절과 맞닿아 있다는 이야기였다.

'설마…… 내가 과거로 돌아온 건가?'

박건호는 아주 잠깐 그런 생각이 들었다. 하지만 그것도 잠시.

"근데…… 이건 뭐냐? 본사에서 뭐 준 거야?"

"……?"

"동일 고등학교 야구부 입부 희망서? 뭐야, 너 세명 고등학교 다니는 거 아니었어?"

"……!"

사장, 이진성의 한마디에 건호는 자신이 과거로 돌아온 게 아닐지도 모른다는 생각이 들었다.

이진성이 가리킨 입부 희망서를 본 순간 서른 살 건호에 대한 기억들이 빠르게 사라져 갔다. 대신 정오가 다 되어 자신을 찾아온 강성용과의 대화가 선명하게 떠올랐다.

"건호야, 오래 생각할 시간이 없어. 이건 기회라고. 동일 고등학교 야. 작년 청룡기 준우승 팀이라고!"

"하지만……."

"하지만은 뭐가 하지만이야. 의리가 밥 먹여줘? 이미 학교에서도 야구부 없애기로 이야기 끝났다니까! 이렇게 시간 끌다간 죽도 밥도 안 된다고!"

"후우……."

"오늘 저녁까지야. 오늘 저녁까지 꼭 써서 나 줘야 해. 알지? 우리 삼촌 동일 고등학교에서 야구했던 거. 나도 지금 삼촌 백으로 어렵게 자리 구한 거야. 거기다 네 자리까지 구하느라 내가 얼마나 힘들었는지 알아?"

"그래, 알았어."

"네가 싫다면 승혁이한테 말할 거야. 승혁이는 군말 없이 오케이

할걸? 내가 승혁이보다 널 먼저 찾아온 걸 고맙게 생각해. 진짜 나 같은 친구가 어디 있냐?"

건호는 비로소 뭐가 어떻게 된 건지 감이 왔다. 강성용의 제안에 심란해하다가 잠깐 잠이 들었는데 한바탕 꿈을 꾼 모양이었다.

"사장님, 저 세수 좀 하고 올게요."

"응? 어, 그래라."

이진성의 허락을 구한 뒤 건호는 안쪽의 화장실에 들어가 찬물로 얼굴을 문질렀다.

시원하게 세수를 하고 나니 모든 게 더 명확하게 느껴졌다. 세면대 위에 대충 꽂아둔 축축한 칫솔부터 시작해 납작하게 말라 버린 비누와 쉰내가 나기 시작하는 수건까지. 과거로 돌아온 게 아니라 꿈을 꿨던 게 틀림없었다.

"그러니까 내가 꾼 게 예지몽이구나."

건호는 갑자기 웃음이 났다. 야구 선수로서의 인생이 걸린 중차대한 결정을 앞둔 자신을 위해 야구의 신이 꿈을 통해 갈 길을 예비해 준 것 같은 기분이 들었다.

"후우……."

개운하게 얼굴을 닦은 뒤 건호가 밖으로 나왔다. 그러자 이진성이 기다렸다는 듯이 말을 붙였다.

"정신 좀 차렸냐?"

"네, 사장님."

"너 어디 아픈 건 아니지?"

"아니에요. 괜찮아요."

"그렇다면 다행인데……. 이건 어떻게 할 거냐?"

이진성이 카운터 위에 놓인 종이를 톡톡 두드렸다. 표정을 보아하니 동일 고등학교로 전학 가는 게 달갑지 않은 모양이었다.

'참, 사장님이 세명 고등학교 출신이었지.'

상황이 조금 다르긴 했지만 꿈속에서 이진성은 건호가 동일 고등학교로 전학 간 사실을 알고 상당히 불쾌해했다.

하지만 그때는 이진성의 눈치를 볼 상황이 아니었다. 동일 고등학교의 신입생 모집이 시작된 상황에서 이것저것 재고 따질 여유가 없었다.

그러나 이미 씁쓸한 꿈을 꿔버린 건호에게 동일 고등학교는 더 이상 좋은 선택지가 될 수 없었다.

"그거 놔두세요."

"뭐? 놔두라고?"

"네, 잘라서 메모지로 쓸 거예요."

"그럼 동일 고등학교 안 가는 거지?"

이진성이 씩 웃었다. 그러고는 새로 출시된 6,500원짜리 프리미엄 도시락을 하나 꺼내더니 건호의 앞에 툭 하고 내려놓았다.

"이거 가져가시게요?"

"아니, 너 먹어."

"에? 이거 아직 팔 수 있는 건데요?"

"알아, 인마. 그러니까 너 먹으라고."

"전 폐기된 거 먹어도 괜찮은데요."

"짜식아, 그럼 집에 가져가서 먹든가."

"아, 네. 감사합니다."

건호가 멋쩍게 뒷머리를 긁적거렸다. 이런 걸 바라고 한 말이 아닌데 시급보다 비싼 도시락을 받게 됐으니 묘한 기분이 들었다.

하지만 이진성은 의리 있는 건호가 그저 예쁘기만 했다.

"기분이다. 이거, 이것도 하나 먹어. 이거하고 이것도."

"이거 다 못 먹어요, 사장님."

"남으면 집에 가져가서 먹어, 인마. 그리고 형이 다음 달부터 시급 올려줄 테니까 그런 줄 알고."

"헉! 감사합니다, 사장님."

"짜식이 시급 올려준다니까 반응이 오네? 왜? 이것도 돈으로 바꿔주랴?"

이진성이 짓궂게 놀려댔다. 그러다 건호가 '그래 주시면 고맙겠지만'이라고 말하자 잠시 당황하더니 전화가 왔다며 냉큼 밖으로 나가 버렸다.

"후우……. 이제 안 오시겠지?"

도망치듯 멀어지는 자동차 불빛을 바라보며 건호도 긴장을 풀었다. 아무리 사람이 좋아도 사장은 사장이다. 사장이 지켜보는 앞에서 일을 한다는 건 여러모로 부담스러울 수밖에 없다.

"일단 물건 정리부터 하자."

건호는 제 할 일을 찾아 움직였다. 새로 들어온 물건들을 쌓고 뜯고 매대에 채워 넣고 매장 안을 깨끗이 청소하고. 평소 하던 대로 쉬엄쉬엄 일하다 보니 어느새 퇴근 시간이 찾아왔다.

"건호야, 누나 왔다."

때마침 주말 오전 아르바이트인 최미연이 목도리를 칭칭 감은 채 가게 안으로 들어왔다.

"먼저 가 볼게요, 누나. 고생하세요."

건호는 이진성이 챙겨준 먹을거리를 한가득 챙겨 들고 집으로 향했다. 문을 열고 들어가자 여동생 박시은이 크게 하품을 하며 건호를 맞았다.

"입 찢어지겠다."

"남이사 찢어지든 말든."

"남이사? 오호라. 이 오빠의 손에 든 이것들이 안 보이나 보지?"

건호가 두툼한 비닐봉지를 들어 올렸다. 그러자 시은이 언제 그랬냐며 냉큼 코맹맹이 소리를 흘렸다.

"아이, 오라버니~ 뭘 이렇게 또 사오셨어요?"

"이번에 새로 출시된 도시락이 있어서 큰맘 먹고 하나 사 봤다."

"으악! 이거 6,500원짜리잖아!"

"조용히 좀 해. 부모님 깨시겠다."

"히히히. 오빠, 잘 먹을게~ 알라뷰~"

건호는 방 안에 들어가 옷을 갈아입고 나왔다. 그사이 시은은 도시락을 데우면서 컵라면에 물을 붓고 있었다.

"너 그거 다 먹으려고?"

"당연하지."

"너 그러다 돼지 돼."

"이미 돼지."

"허, 그래. 너 잘났다."

건호가 혀를 내둘렀다. 하지만 편의점 도시락도 맛있게 먹어대는 박시은을 보고 있자니 절로 웃음이 났다.

그때였다.

지이잉.

신발장 쪽에서 요란한 소리가 났다.

"오빠! 핸드폰 또 신발장에 놔뒀지?"

"어, 가져다줘."

"헐, 지금 장난해? 나 밥 먹는 거 안 보여?"

"너야말로 장난해? 그걸 누가 사왔는지 벌써 잊었냐?"

"와, 치사하다. 치사해."

시은이 뾰루퉁한 얼굴로 건호에게 핸드폰을 가져다줬다. 핸드폰 액정 화면 위에는 강성용으로부터 메시지가 왔다는 알림이 떠 있었다.

건호는 느긋하게 메시지를 확인했다. 예상대로 지금 당장 입부 희망서를 보내지 않으면 동일 고등학교에 가지 못할 거라는 협박과 애원이 한가득 적혀 있었다.

-동일 고등학교에 들어가서 함께 전국 제패해 보자!

강성용이 건호에게 던진 미끼는 달콤했다. 잘해야 전국 대회 8강 수준인 세명 고등학교를 떠나 동일 고등학교에 입학만 한다면 전국 대회 우승 멤버가 되어 프로 구단 스카우터들의 눈도장을 확실히 받을 수 있을 것 같았다.

하지만 이상과 현실은 달랐다. 동일 고등학교 야구부로 자리를 옮긴다 한들 건호가 당장 주전급 투수로 중용될 가능성은 없었다.

그럼에도 불구하고 강성용이 건호를 끌어들이려는 이유는 간단했다. 제 실력으로 인정받기 어려우니 자신을 비롯해 실력 있는 동기들을 엮어 감독의 눈도장을 받을 속셈이었다.

감독이 횡령으로 고발을 당하고 세명 고등학교 야구부가 해체 위기에 처하면서 주변 학교들은 세명 고등학교 선수들을 빼오기 위해 혈안이 되어 있었다.

대한 야구 협회 선수 등록 규정에 따르면 단순히 학교를 옮길 경우 해당 선수는 1년간 대회 참가가 불가능하다.

하지만 세명 고등학교처럼 야구부가 해체되는 경우는 상황이 달랐다. 선수 구제 차원에서 참가 제한 페널티가 없었다.

전력이 약한 팀들에게 세명 고등학교 야구부 해체는 희소식이었다. 잘만 하면 취약 포지션을 만회해 단숨에 전력을 강화할 수 있었다.

하지만 동일 고등학교처럼 자력으로 우승이 가능한 팀은 이야기가 달랐다. 괜히 라이벌 학교가 세명 고등학교 선수들을 영입해 전력이 강화되기라도 하면 골치가 아픈 상황이었다. 그래서 동일 고등학교도 세명 고등학교 선수 빼오기에 가세했다. 체면상 대놓고 움직일 수 없으니 말 잘 듣는 강성용을 내세워 제 발로 동일 고등학교를 찾아오게 만들었다.

강성용은 건호를 포함해 네 명의 주전급 선수를 동일 고등학교로 끌어들였다. 그리고 그 대가로 적당한 출전 기회를 얻었다.

그 결과 강성용만 홀로 프로 지명을 받았다. 반면 3학년 내내 벤치에서 몸만 달궜던 건호와 나머지 선수들은 어쩔 수 없이 대학에 진학해 4년 뒤를 노려야 했다.

대학 생활도 순탄치는 않았다. 가장 중요한 고등학교 3학년 때 보여준 게 없으니 실력 있는 대학교 야구부는 감히 쳐다볼 수도 없었다. 결국 선수가 부족하다는 대학교 야구부에 들어가 4년간 개고생을 한 끝에 2군 선수로 야구 인생을 마치고 말았다.

비록 꿈이라곤 하지만 건호는 잘못된 선택을 되풀이할 생각이 없었다. 그나마 출전이 보장된다면 또 모르겠지만 3학년 내내 벤치만 달굴 생각은 추호도 없었다.

지이잉.

메시지를 확인하고도 대답이 없자 조급해진 강성용이 최후통첩을 날렸다.

-내가 고민할 시간 없다고 말했을 텐데? 너, 내 호의 무시한 거 후회할 거다. 너 말고도 데려갈 애들 많으니까 어디 혼자 잘해봐라.

"이 자식, 이때부터 아주 입만 살았어."

건호는 그저 헛웃음만 났다. 고작 브로커 노릇이나 하는 주제에 뭐라도 되는 듯 굴다니. 어이가 없었다.

"맘대로 해라. 설사 야구부가 해체되더라도 널 따라가는 것보다는 나을 테니까."

건호는 아예 핸드폰을 뒤집어 놓았다. 이후에도 몇 차례 더 핸드폰이 울어댔지만 굳이 신경 쓰지 않았다.

"아들 왔니?"

전날 늦게 퇴근한 어머니가 안방 문을 열고 나왔다. 그러다 아침부터 거하게 한상 차려먹는 시은을 보고는 이맛살을 찌푸렸다.

"나, 나 혼자 먹은 거 아냐. 오빠랑 같이 먹은 거야."

시은이 다급히 건호에게 구원을 요청했다. 반쯤 겁에 질린 표정을 보아하니 이대로 모른 체했다간 어머니에게 한 소리 들을 것 같았다.

"엄마, 도시락은 제가 먹은 거예요."

"정말이야?"

"네, 그리고 이제부터 한숨 잘 테니까 깨우지 마세요."

건호는 피곤한 척 방으로 들어갔다. 그리고 벌러덩 침대에 누웠다.

바로 어제까지만 해도 야구부 때문에 잠을 이루지 못했는데 머리를 베개에 대니 절로 눈꺼풀이 무거워졌다.

"이러다 또 다른 꿈을 꾸려나⋯⋯."

가물가물해진 건호의 시선이 오른쪽 벽면으로 향했다.

다저스의 슬레이튼 커쇼.

자이언츠의 메디슨 범가드너.

애스트로스의 댈러스 카이클.

메이저 리그를 호령하는 최고의 좌완 투수들의 사진이 건호를 내려다보고 있었다.

'기왕 꿈을 꿀 거면⋯⋯.'

건호는 씩 웃었다. 만약 또다시 오랜 꿈을 꾸게 된다면 이토록 대단한 선수들과 어깨를 나란히 하는 그런 꿈을 꿔보고 싶었다.

하지만 건호의 바람은 이루어지지 않았다.

"오빠! 오빠!"

막 램수면에 빠져들려는 찰나에 시은의 공격이 시작된 것이다.

"아, 씨. 뭐야?"

건호가 절로 짜증을 냈다. 어머니 앞에서 깨우지 말라고 그렇게 이야기했는데 멋대로 방에 들어와 흔들어 깨우다니. 용서가 되지 않았다.

그러나 시은도 오빠를 괴롭히기 위해 일부러 잠을 깨운 게 아니었다.

"승혁 오빠가 찾아왔어."

"……뭐? 누구?"

"승혁 오빠! 지금 거실에 있다고!"

2

시은의 말처럼 거실에는 안승혁이 앉아 있었다.

"너 뭐야? 왜 이렇게 전화를 안 받아?"

"전화했었냐?"

"이럴 거면 뭐하러 이 비싼 핸드폰 들고 다니냐?"

건호를 보기가 무섭게 안승혁이 불만스럽게 쏘아댔다. 그나마 어머니와 시은의 눈치를 보느라 저 정도였지 평소 같았다면 곧바로 육두문자가 날아들었을 터였다.

"그냥. 성용이 자식이 짜증 나게 해서 안 보고 있었어."

건호가 졸린 얼굴로 소파에 주저앉았다. 그러자 안승혁이 눈을 똥그랗게 뜨고 달려들었다.

"성용이? 강성용?"

"그럼 우리가 아는 성용이가 또 있냐?"

"그 색…… 아니, 그 자식이 너한테 뭐래?"

"뭐라긴. 전학 가자고 꼬시는 거지."

"뭐? 너한테도 그랬어?"

안승혁이 분통을 터뜨렸다. 그 표정을 보아하니 강성용이 이미 주전급 선수들을 전부 흔들고 다닌 모양이었다.

"성용이 자식이 너한테는 별 이야기 안 했냐?"

건호가 안승혁을 바라봤다. 신고 선수로 프로에 데뷔해 메이저 리그 진출을 선언할 만큼 안승혁은 타격에 재능이 있었다. 주변에서야 투수는 건호 타자는 안승혁이라고 같이 치켜세워 주고 있지만 단순히 실력만 놓고 보자면 세명 고등학교 최고의 재목은 안승혁이었다.

꿈에서 건호가 강성용의 꾐에 넘어간 결정적인 이유도 안승혁 때문이었다. 안승혁 때문에 자신이 밀릴지도 모른다는 조바심에 입부 희망서에 덜컥 서명했다. 그걸로 발목이 잡혀 야구 인생 자체가 꼬일 줄은 생각지도 못한 채 말이다.

건호는 강성용이 안승혁에게도 당연히 제안했을 거라 여겼다. 하지만 안승혁의 대답은 예상 밖이었다.

"나한테는 한마디도 안 했어."

"정말?"

"그래, 내가 정운이한테 이상한 소리 하는 거 보고 한마디 했거든."

"아…… 그랬군."

건호는 비로소 이해가 갔다. 자신 못지않은 건장한 체격에 괴력을 갖춘 안승혁이 진심으로 화를 낸다면 제아무리 강성용이라 해도 감히 끌어들일 엄두를 내지 못할 것 같았다.

"넌 어쩔 거야?"

안승혁이 단도직입적으로 물었다.

"그러는 넌 어떻게 할 건데?"

건호가 그 질문을 고스란히 되돌려 주었다.

"일단…… 난 남을 거야. 야구부가 해체된다면 모르겠지만 나 때문에 야구부가 해체되길 바라진 않으니까."

잠시 숨을 고르던 안승혁이 진지한 얼굴로 말했다. 가뜩이나 야구부가 흔들리는 상황에서 4번 타자를 맡아줄 안승혁이 전학을 가버린다면 그대로 해체 수순을 밟게 될 가능성이 높았다.

꿈에서도 그랬다. 경험은 부족하지만 체격 조건이 좋아 에이스로 성장해 줄 것이라 기대를 모았던 건호가 동일 고등학교로 간다는 소문이 나돈 이후 채 한 달도 되지 않아 세명 고등학교 야구부의 폐부가 결정됐다.

당연히 모든 원한은 건호에게 향했다. 일각에서는 건호가 주도해서 세명 고등학교 야구부를 망하게 만들었다는 소문이 나돌기까지 했다.

꿈이긴 하지만 건호는 같은 실수를 되풀이할 마음이 없었다.

"나도 그럴 생각이었다."

건호가 고개를 끄덕였다. 그러자 안승혁의 표정이 대번에 밝아졌다.

"너, 그 말 정말이지?"

"그래."

"그럼 동일 고등학교로 안 가는 거지?"

"거길 내가 왜 가냐."

"그래, 고맙다. 네 덕분에 살았다."

안승혁은 저 말을 남기고 서둘러 나가 버렸다. 덕분에 어머니가 서툰 솜씨로 최대한 예쁘게 깎아놓은 과일은 먹보 시은의 몫이 되어버렸다.

"저 마저 자고 올게요."

건호는 다시 방 안으로 들어갔다. 박시은의 입으로 과일들이 순식간에 사라지는 마술을 멍하니 구경하다 보니 다시 졸음이 쏟아졌다.

다행히 이번에는 박시은도 방해하지 않았다.

다시 눈을 떴을 때는 저녁 8시.

아르바이트 2시간 전이었다.

"흐아암, 잘 잤다."

건호는 늘어지게 하품을 하며 방을 나섰다. 거실에서는 박시은이 예능 프로그램을 보며 킥킥거리고 있었다.

"부모님은?"

"약속 있다고 나가셨는데?"

"그럼 저녁은?"

"엄마가 치킨 시켜 먹으라고 2만 원 놔뒀어."

"치킨은?"

"오빠가 일어나야 시키지!"

"그럼 깨웠어야지."

"언제는 깨우지 말라며!"

"하아, 됐다. 진짜 답답하다."

"헐, 대박. 진짜 답답한 게 누군데."

언제나처럼 시은과 입씨름을 하며 건호는 잠에서 벗어났다. 냉장고에서 시원한 보리차까지 한 잔 들이켜자 나른함이 깨끗이 사라졌다.

"참, 오빠. 전화 엄청 오던데?"

"그래?"

건호는 테이블 위에 올려둔 핸드폰을 집어 들었다. 시은의 말대로 부재중 전화만 79통이 와 있었다.

게다가 전화를 건 사람도 한두 명이 아니었다. 이제 곧 3학년이 되는 동기들은 물론이고 1학년 후배들까지, 부재중 통화 목록에는 세명 고등학교 야구부원 거의 대부분의 이름이 찍혀 있었다.

'뭐야, 이 자식들. 왜 단체로 전화질이야?'

건호는 그중에서 가장 친하게 지내던 고상민에게 전화를 걸었다. 야구부원들 중 소식통으로 불리는 고상민이라면 별로 달갑지 않은 전화 테러의 이유를 알려줄 것 같았다.

ㅡ야! 왜 이제 전화 받아!

통화가 연결되기가 무섭게 고상민의 짜증 섞인 목소리가 들렸다.

"잤다."

ㅡ뻥치지 마! 또 어디야? 누군데? 아직도 명숙이 만나고 있냐?

"이 자식이, 걔하고 아무 사이도 아니라니까 그러네."

ㅡ그럼 뭐야? 지금 뭐 하는데?

"피곤해서 잤다고!"

ㅡ그러니까 네가 왜 피곤한데?

"나 주말에 야간 알바하는 거 까먹었냐?"

ㅡ뭐? 그거 아직도 하냐? 지난번에 감독님한테 걸려서 그만두기로 한 거 아니었어?

"감독님이 내 용돈 주는 것도 아닌데 왜 그만둬?"

ㅡ하긴, 그럴 양반이었으면 공금 횡령 같은 건 하지도 않았겠지.

고상민이 빠득 이를 갈았다. 아들 좀 잘 봐달라고 부모가 알게 모르게 가져다준 뒷돈이 꽤 되는지라 더 속이 쓰린 모양이었다.

"그런데 왜 전화한 거야?"

―왜 전화하긴. 너 때문에 난리니까 전화했지.

"나 때문에? 그게 뭔 소리야?"

―너 승혁이한테 세명에 남겠다고 했다며!

"그랬지."

―그런데 왜 성용이 그 자식은 너 이미 동일 고등학교 감독까지 만났다고 떠들어대는 건데?

"뭐? 누가 누굴 만나?"

―너 인마, 너! 너랑 성용이랑 동일 고등학교 감독이랑 셋이따로 만났다며!

"아, 씨. 아니라니까!"

건호가 버럭 화를 냈다. 동일 고등학교 감독은커녕 그쪽 선수 중에서도 알고 지내는 사람이 없는데 별 같잖은 오해를 받으니 짜증이 치밀어 올랐다.

―정말 아니야?

"하아, 이 멍청아. 내가 정말로 동일 고등학교 감독을 만났으면 너한테 전화 걸었겠냐?"

―짜식, 그럴 줄 알았다. 이 형은 널 믿었어!

"믿긴 개뿔이 믿어? 너지? 다른 애들한테 시켜서 나한테 전화하라고 한 게?"

―어, 건호야! 감이 안 좋다. 내가 나중에 전화할게!

"야! 고상민! 고상민!"

―사랑한다~

그 한마디를 남기고 고상민은 전화를 끊어버렸다. 건호가 다시 전화를 걸어봤지만 끝내 전화를 받지 않았다.

"상민이, 이 자식. 넌 죽었어."

건호가 빠득 이를 갈았다. 그래도 동기 중에서는 제일 친하다는 녀석이 가장 먼저 앞장서서 자신을 의심하고 있으니 세상 헛살았다는 기분마저 들었다.

"오빠, 무슨 안 좋은 일 있어?"

통화 소리가 요란했는지 시은이 걱정스런 얼굴로 건호를 바라봤다.

"신경 꺼."

"오빠 일인데 어떻게 그래?"

"네가 언제부터 나한테 신경 썼다고."

"칫, 너무해. 나 나갈래. 붙잡지 마."

토라진 듯 제 방으로 들어간 시은이 정말로 겉옷을 입고 밖으로 나왔다. 그러고는 비련의 여주인공처럼 처연하게 신발을 신고 현관문을 열려고 했다.

하지만 그런 뻔한 수에 넘어갈 건호가 아니었다.

"동작 그만. 어디서 수작질이야?"

"놔! 이거 놓으라고!"

"좋은 말 할 때 만 원 내놓으시지?"

"무, 무슨 만 원?"

"어머니가 2만 원 놓고 가셨다며! 치킨 안 먹을 거면 만 원씩 반땅해야지! 이게 어디서 오빠 돈을 넘봐?"

"이거 놔아~ 옷 늘어난다고오!"

"빨리 만 원 내놔! 어서!"

건호에게 붙들린 시은이 어떻게든 빠져나가겠다고 바둥거렸다. 하지만 악력으로는 결코 건호를 당해낼 수 없었다.

"알았어. 항복! 항복!"

결국 거실까지 끌려온 시은이 두 팔을 들어 항복을 선언했다. 그러나 끝내 만 원을 돌려주려 하지 않았다. 건호가 단호하게 손바닥을 내밀었지만 소용없었다. 그럴수록 시은은 몸을 잔뜩 웅크리며 버티기에 들어갔다.

"하아, 왜 내 만 원이 필요한데?"

"그게 있잖아. 내가 꼭 사고 싶은 게 있는데……."

"뭐? 네가 좋아한다는 블랙 엔젤 CD라도 나왔냐?"

"딩동댕~ 어떻게 알았데?"

블랙 엔젤이라는 말에 시은의 얼굴이 환하게 변했다. 하지만 고작 남자 아이돌 CD 따위에 치킨 값을 내줄 만큼 건호는 호락호락하지 않았다.

"시끄럽고, 빨리 내놔라."

"아이~ 오빠~"

"맞고 내놓을래, 그냥 내놓을래?"

"오빠~ 이번 한 번만. 딱 한 번만. 응?"

"그래, 너 가져라. 대신 너 앞으로 나한테 용돈 받을 생각 마라."

건호의 최후통첩에 시은이 입술을 삐죽거렸다. 그러더니 마지못해 꼬깃꼬깃해진 만 원짜리 한 장을 내밀었다.

"오빠 진짜 치사해."

"치사한 건 너고."

"칫, 됐어. 오빠랑 안 놀 거야."

시은이 어린애처럼 토라졌다. 그 모습을 보고 있자니 건호도 마음이 편치는 않았다.

그렇다고 오빠랍시고 아무 이유도 없이 만 원을 주고 싶은 생각은 없었다.

"블랙 엔젤 CD, 오빠가 사줄까?"

나직한 건호의 한마디에 시은이 미친 듯이 고개를 끄덕거렸다. 블랙 엔젤 CD만 구할 수 있다면 무엇이든 할 기세였다.

"좋아. 다음 주에 오빠 월급 들어오니까 사줄게. 대신 네가 해줄 일이 있어."

"뭔데? 뭐 하면 되는데? 오빠 방 청소? 오빠 야구 장비 손질하기?"

"그런 건 됐고, 너 소민이하고 전화 한 번만 해라."

"소민이? 헉……. 설마, 그 강소민?"

"그래, 소민이 만나서 적당히 오빠 이야기 좀 흘려. 그것만 잘하면 오빠가 블랙 엔젤 다음 앨범까지 사줄게."

블랙 엔젤의 위력은 실로 대단했다. 강소민이라면 학을 떼던 시은이 단단히 고개를 끄덕거릴 정도였다.

"그럼 내가 뭘 하면 되는데?"

"간단해. 너도 소민이하고 오래 대화하고 싶진 않을 거아냐."

"그야 당연하지! 걔가 뒤에서 내 욕을 얼마나 하고 다니는데!"

"그러니까 네 감정대로 해."

"내 감정대로? 그러다 욕 나올 텐데?"

"욕까진 하지 말고 막 짜증 부려. 그러면서 이렇게 전해."

건호는 나직한 말로 시은에게 미션을 전했다. 그리고 시은이 제대로 이해했는지 재차 확인한 뒤에 등을 두드렸다.

"오빠 씻고 있을 테니까 빨리 전화해."

"으, 알았어."

시은이 마지못해 핸드폰을 들었다. 그리고 잠시 후.

"야이, 씨! 너 어디야! 어디냐고!"

시은의 입에서 거친 육두문자가 폭발했다.

3

"흥, 별것도 아닌 게 어디서 까불어?"

통화를 마친 강소민은 의기양양한 표정을 지었다. 고작 전화해서 한다는 소리가 사과하라니. 그야말로 지나가던 개가 웃을 소리였다.

"그런데 아까 그 말은 뭐지? 오빠한테 물어봐야 하나?"

강소민은 마지못해 거실로 나왔다. 거실에는 오빠 강성용이 핸드폰을 쥔 채 똥 마려운 강아지처럼 낑낑거리고 있었다.

"오빠."

"부르지 마."

"아니, 그게 아니라……."

"시끄러우니까 닥쳐! 닥치라고!"

강성용이 괜히 강소민에게 짜증을 냈다. 누군가에게 연락이 오지 않은 이유가 전부 강소민의 잘못이라도 되는 것처럼 감정을 쏟아냈다.

하지만 고작 그 정도로는 강소민의 강철 멘탈에 스크래치조차 나지 않았다.

"시은이 고년 오빠 얘긴데 나중에 딴소리하지 마라."

"……뭐? 누구?"

"시은이 오빠."

시은이 오빠라는 말에 강성용의 표정이 달라졌다. 그러더니 강소민의 팔을 끌고 억지로 소파에 주저앉혔다.

"아파!"

"빨리 말해. 건호 동생한테 전화 온 거야?"

"어."

"뭐라고 했냐니까!"

"아, 쫌. 소리 좀 지르지 마!"

"이게!"

"때리기만 해! 엄마한테 다 이를 거야."

"크으으!"

강성용은 애써 분을 삼켰다. 습관적으로 올라갔던 팔도 다시 내려놓았다.

그러자 강소민이 턱을 가볍게 치켜들며 입을 열었다.

"시은이가 그러는데 걔네 오빠 지금 엄청 짜증 폭발이라는데?"

"건호가? 왜?"

"오빠 따라서 동일 고등학교 간다고 했다며? 근데 이곳저 곳에서 엄청 전화 오나 봐."

"그래?"

순간 강성용이 눈을 반짝거렸다. 박시은이 동일 고등학 교 전학 건을 알고 있다는 건 박건호가 그 사실을 가족들에 게 알렸다는 소리였다. 그리고 박건호가 그걸 알린 건 동일 고등학교로 가려고 마음의 결정을 내렸다는 소리나 다름없 었다.

"후우……. 그러면 그렇지."

강성용의 입가로 한가득 웃음이 걸렸다. 혹시라도 박건호 가 자신의 제안을 거절하면 어쩌나 걱정했는데 다행히도 기 우였던 모양이었다.

게다가 박건호가 자신의 전화를 피한 이유도 알게 됐다.

"참, 승혁이 오빠 말야."

"그 자식은 왜?"

"아까 시은이네 집에 왔었다는데?"

"건호네 집에 갔다고?"

"어, 그래서 자고 있던 건호 오빠 깨우고 난리가 아니었 나 봐."

"그래?"

"시은이 고년이 오빠 때문에 자기 오빠랑 승혁 오빠랑 싸웠다고 막 뭐라고 하는데 무슨 소리인지 알 수가 있어야지."

들은 대로 말하면서도 강소민은 자신이 무슨 소리를 하는 건지 이해하지 못했다.

하지만 이 모든 일을 벌인 장본인인 강성용은 모든 게 계획대로 되어가고 있다며 음침한 표정을 지었다.

"건호 동생한테 전화해서 모든 건 내가 알아서 할 테니까 걱정하지 말라고 그래."

"뭐? 나보고 걔한테 전화하라고?"

"쥐 터지고 싶지 않으면 시키는 대로 해."

"아, 진짜 싫은데……."

"싫어도 해! 오빠 인생이 걸린 일이라고!"

강성용의 강요에 강소민이 마지못해 박시은에게 전화를 걸었다. 그리고 얼마 지나지 않아 그녀의 입에서 걸쭉한 육두문자가 쏟아져 나왔다.

4

"소민이가 그래?"

─그래! 그것 때문에 걔랑 또 한바탕했다고.

"그래, 고생했다."

─말로만?

"좀 이따 집에 갈 때 도시락 하나 사 갈게.

─도시락 말고 치킨 사다 주면 안대엽?

"으이그, 알았다. 오빠 편의점 다 왔으니까 전화 끊자."

─네~ 오라버니~ 오늘도 힘내세요! 홧팅!

건호가 피식 웃으며 전화를 끊었다. 그리고 곧장 고상민의 연락처를 찾아 통화 버튼을 눌렀다.

─전화 감이 안 좋다는 데 왜 자꾸 전화질이야?

전화가 연결되자마자 고상민이 능청을 떨었다. 이쯤 됐으면 자신의 화가 풀렸을 것이라고 생각한 모양이었다.

"너, 나랑 일 하나만 하자."

─뭔 소리야? 영화 봤냐?

"시끄럽고 지금 성용이한테 넘어간 애들이 몇 명이냐?"

─글쎄. 일일이 다 확인해 보진 않았지만 정수, 기범이, 준욱이는 내 연락 안 받던데?

안정수와 최기범, 송준욱은 강성용과 친했다. 강성용이 뭔가 일을 벌였다면 이들과 함께할 수밖에 없는 관계였다.

꿈에서도 이 세 명은 건호와 강성용을 따라 동일 고등학교로 넘어왔다. 그리고 건호와 함께 졸업할 때까지 동일 고등학교의 벤치를 책임졌다.

"흠……."

건호는 잠시 고민했다. 강성용의 수작에 수작으로 맞서긴
했는데 중간에 낀 안정수와 최기범, 송준욱을 생각하니 살짝
미안한 마음이 들었다.

하지만 코칭스태프보다 강성용을 더 따랐던 그들에게 강성
용을 속이는 데 동참해 달라고 말할 수도 없는 노릇이다.

"나머지 애들은? 확실히 남는 거야?"

—솔직히 말해서 학교 떠나서도 계속 야구할 수 있는 애들
이 몇이나 되냐? 끽해야 너하고 승혁이 정도고, 나머지는 눈
칫밥이나 잔뜩 먹을 텐데.

고상민이 푸념하듯 말했다. 전국 대회 8강이 최고 성적인
세명 고등학교의 선수라고 해봐야 다른 데서 알아주지도 않
는다는 이야기였다.

팀의 주전으로 뛰어야 할 2학년은 다른 팀에 가면 제대로
된 출전 기회조차 보장받지 못할 것이다. 1학년도 눈칫밥 먹
긴 마찬가지다. 운 좋게 감독의 눈에 든다면 또 모르겠지만 대
부분 이런저런 이유로 밀려나고 말 것이다.

결국 이들이 선택할 수 있는 최선은 세명 고등학교에서 야
구를 계속 하는 것이다. 그러기 위해서는 건호의 잔류가 절실
히 필요했다.

"후우……."

건호가 길게 한숨을 내쉬었다. 꿈이라곤 해도 함께 야구 했

던 동료들을 버리고 동일 고등학교로 도망쳤다는 사실이 부끄럽기만 했다.

그래서 건호는 마음을 굳혔다. 자신이 대단한 선수는 아니지만 함께 고생한 동료들을 또다시 버리고 도망치지 않겠다고, 야구부 폐부가 확정되기 전까지는 동료들이 마음을 다잡을 수 있도록 든든한 기둥이 되어주겠다고 말이다.

그리고 그 결심이 건호의 미래를 완전히 바꿔놓았다.

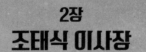

2장
조태식 이사장

1

"감독님이 안 계시다고 아무것도 안 하면 야구부는 정말 없어질 거야. 그러니까 평소처럼 훈련하자."

"오, 그거 좋은데? 짜식, 내가 이래서 널 좋아한다니까?"

건호와 안승혁이 중심이 되어 세명 고등학교 야구부는 다시 훈련을 시작했다.

전임 최병철 감독이 공금 횡령 등의 이유로 도망치듯 사라진 지 일주일 만의 일이었다.

야구부 연습장을 별도로 관리하던 관리인이 학교 측의 승인을 받아야 한다며 난색을 표했지만 야구부가 야구를 하는

게 잘못됐느냐는 물음에 마지못해 문을 열어주고 말았다고
한다.

"어떻게 할까요?"

학생부장 안인철이 교감 김인범의 눈치를 살폈다. 지난주
금요일에 있었던 회의 결과는 야구부 폐부 쪽으로 기운 상태
였다. 그런데 야구부원들이 시위하듯 훈련을 재개해 버렸으
니 여러모로 난감할 수밖에 없었다.

"내버려 둬. 그런다고 뭐가 달라질까."

김인범이 피식 웃었다. 야구부가 폐부된다는 소식을 들었
다면 당장 교무실로 찾아와 따질 줄 알았는데 고작 연습 따위
로 시위해 보겠다는 발상 자체가 귀엽기만 했다.

"최병철 그 인간이 제법 많이 해먹고 갔어. 학부형 몇몇한
테는 돈까지 빌리고 말이지. 이건 애들 선에서는 수습이 안 되
는 일이야. 아마 교장도 같은 생각일걸? 그러니까 아예 야구
부 쪽에는 관심조차 주지 말라고."

"아, 넵. 교감 선생님."

이때까지만 해도 김인범은 아이들이 제 풀에 나가떨어질
것이라고 여겼다. 설마하니 주말까지 모여서 야구 연습에 매
진할 줄은 예상하지 못했다.

딱!

안승혁이 있는 힘껏 잡아당긴 타구가 쭉쭉 뻗어 나가 그대

로 간이 펜스를 넘겼다. 그것으로도 모자라 학교로 막 진입해 들어오던 고가의 외제차 앞쪽으로 날아들었다.

"어이쿠!"

운전수가 다급히 브레이크를 밟았다.

타당!

다행히 타구는 차량 앞쪽에 떨어졌지만 높게 튀어 올라 기어코 보닛에 흠집을 냈다.

"아이고, 이사장님. 정말 죄송합니다."

운전수가 사색이 된 얼굴로 룸미러를 힐끔거렸다. 예기치 못한 사고였다고는 해도 구입한 지 얼마 안 되는 차량에 공이 맞았으니 어떤 불호령이 떨어지더라도 할 말이 없을 것 같았다.

하지만 조태식 이사장의 시선은 다른 곳을 향해 있었다.

"아까 그 공, 저기서 날아온 모양인데요?"

조태식 이사장이 운동장 쪽을 바라봤다. 운동장 저편에서는 세명 고등학교 야구복을 입은 선수들이 철망 쪽으로 달려오고 있었다.

"제가 내려서 따끔히 한마디 하겠습니다."

운전수가 선수 치듯 말했다. 이사장의 체면도 있으니 자신이 나서는 게 낫다고 여긴 것이다.

그러나 조태식 이사장은 선수들을 나무랄 생각이 전혀 없었다.

"아닙니다. 제가 하죠."

조태식 이사장이 차문을 열고 밖으로 나왔다. 그러자 운전수가 뒤따라 내려 보닛에 흠집을 낸 공을 찾아 조태식 이사장에게 건네주었다.

그때 안승혁이 간이 펜스 너머에서 고개를 숙였다.

"죄송합니다, 이사장님. 그 공, 제가 친 공입니다."

조태식 이사장의 시선이 안승혁에게 향했다. 세명고교라는 학교명 밑에 적힌 번호는 10번. 자연스럽게 조태식 이사장의 머릿속에 이름이 떠올랐다.

"김……승혁 군이었나요?"

"안승혁입니다."

"아, 미안해요. 내가 성까지는 잘 외우질 못해서. 어쨌든 이 공, 안승혁 군이 때려서 넘긴 거라 이 말이죠?"

"네, 저도 이렇게 멀리 날아갈 줄은 몰랐습니다."

조태식 이사장은 눈을 돌려 야구장을 바라봤다. 홈 플레이트에서 이곳까지의 거리는 어림잡아 120미터 정도. 야구 연습장을 지을 때 보고서를 받았으니 틀리지 않을 터였다.

'펜스를 완전히 넘기고 떨어졌으니 비거리가 130미터쯤 되려나?'

조태식 이사장이 다시 안승혁을 바라봤다.

학교 측에서 보고를 받기로는 야구부의 실력이 워낙 부족한 탓에 야구부를 유지할 필요성이 떨어진다고 말했다.

김인범 교감은 3학년 주축이 떠난 시점이라 전국 대회에 나가도 승리를 거두거나 홈런을 때려줄 만한 선수가 없다며 한숨을 내쉬었다.

조태식 이사장도 야구부의 존립은 득보다 실이 많다고 판단했다. 그래서 주말에 시간을 내 야구부 해체 요청서에 서명하기 위해 학교를 찾은 차였다.

그런데…… 홈런과는 거리가 멀다고 보고받았던 안승혁이 비거리 130미터짜리 홈런포를 날려 자신의 발걸음을 멈춰 세워 버렸다.

과연 우연일까?

아니면 다시 한번 생각하라는 하늘의 뜻일까?

"그 홈런, 다시 한번 볼 수 있을까요?"

조태식 이사장의 시선이 안승혁에게 향했다.

"예? 아, 네. 한번 해보겠습니다."

안승혁과 선수들이 그라운드로 돌아갔다. 어찌 된 영문인지는 모르겠지만 이사장인 조태식이 홈런을 보고 싶다는데 깊게 생각할 여유 따위는 없었다.

"승혁아! 아까처럼 몸 쪽 높게 던질까?"

마운드에 선 이신영이 소리쳤다.

"아니, 그냥 너 던지고 싶은 대로 던져. 내가 알아서 칠게."

안승혁은 고개를 저었다. 조태식 이사장이 보고 싶은 건 조금 전 홈런 타구다. 그리고 그 타구는 이신영과 사인을 맞춰 때려낸 게 아니었다.

이신영이 유인구로 던진 슬라이더가 제대로 꺾이지 않으면서 어마어마한 장타로 이어졌다. 그렇다면 조금 전처럼 제대로 승부를 하는 편이 나아 보였다.

"좋아, 이번에는 안 봐준다."

이신영도 이를 악물고 공을 던졌다.

초구는 높은 쪽 하이 패스트볼.

2구는 바깥쪽 빠져나가는 볼.

3구는 몸 쪽을 파고드는 슬라이더.

초구와 2구를 거른 뒤 안승혁은 또다시 3구를 잡아당겼다. 하지만 이번에는 이신영의 슬라이더가 날카로웠다.

따악!

방망이 안쪽을 맞은 타구는 그대로 파울라인을 벗어나 버렸다.

"후우……."

방망이를 고쳐 잡으며 안승혁이 길게 숨을 골랐다. 마운드에 선 이신영의 얼굴에도 묘한 긴장감이 어렸다.

그 모습을 지켜보는 조태식 이사장의 눈에도 이채가 번졌다. 홈런을 때려 달라는 자신의 무리한, 그리고 무례한 요구를 선수들이 너무나 진지하게 받아들이고 있었기 때문이다.

'이런 선수들을 형편없다고 매도하다니. 김인범 교감, 대체 무슨 생각인 겁니까?'

조태식 이사장이 바람에 헝클어진 머리카락을 쓸어 올렸다. 설사 안승혁이 때린 홈런이 우연이었다 하더라도 상관없었다. 자신의 눈을 가리고 귀를 막으려는 김인범 교감의 행태는 그냥 넘어갈 수 없다.

그때였다.

따악!

뭔가 요란한 소리가 쩌렁하고 울리더니.

"이, 이사장님! 피하세요!"

운전수의 비명 소리가 들려왔다.

"……!"

자신을 향해 빠르게 날아오는 타구를 바라보며 조태식 이사장은 냉큼 몸을 숙였다. 자신의 뒤에 일주일 전에 새로 출고한 고급 외제차가 서 있었지만 맨손으로는 도저히 그 공을 받아낼 자신이 없었다.

덕분에 보닛에 살짝 흠집이 난 것으로 끝날 수 있었던 자동차는 옆구리에 피멍까지 추가되었다.

"아이고!"

운전수의 입에서 절로 곡소리가 났다. 이 비싼 차가 하루 아침에 엉망이 되어버렸으니 운전하는 입장에서 속이 쓰려 왔다.

하지만 조태식 이사장의 시선은 이번에도 운동장을 향해 있었다.

"허……. 진짜 대단하군, 대단해."

뒷머리를 긁적이며 달려오는 안승혁을 바라보며 조태식 이사장은 웃음을 감추지 못했다. 야구에 대해 해박한 지식을 갖춘 전문가는 아니었지만 안승혁은 확실히 물건이었다.

'스트라이크를 던질 줄도 모른다는 한건호도 한번 봐야겠어.'

조태식 이사장은 눈을 움직여 건호를 찾았다. 투수 중에 가장 체격이 좋다고 했으니 금방 눈에 띌 것이라 여겼다.

하지만 아무리 찾아봐도 건호 같은 선수는 보이지 않았다. 등번호 1번도 없었다.

"한건호 선수는 없나요?"

"한건호? 아, 박건호요?"

"흠, 흠. 잠깐 말이 헛나왔네요. 네, 박건호 선수요. 박건호 선수는 훈련하지 않는 건가요?"

조태식 이사장이 궁금하다는 투로 말했다.

하지만 선수들은 조태식 이사장이 훈련을 빠진 박건호를

나무라는 것처럼 느꼈다.

"거, 건호는 지금 아르바이트 중입니다."

눈치 빠른 고상민이 냉큼 말을 받았다.

"아르바이트요?"

"네, 건호가 부주장인데…… 야구부를 위해 주말마다 아르바이트를 하고 있습니다!"

몇몇 선수는 전혀 몰랐다는 표정을 지었다. 그리고 진실을 알고 있는 선수들은 무슨 헛소리냐며 고상민을 바라봤다.

하지만 고상민은 당당히 조태식 이사장을 바라봤다. 그렇다고 이 상황에서 박건호가 야구 용품 덕후라 몰래 아르바이트를 하고 있다고 밝힐 수는 없는 노릇이었다.

다행히 조태식 이사장은 긍정적으로 상황을 해석했다. 전임 감독이 횡령을 하고 도망쳤으니 야구부가 제대로 돌아갈 리 없다고 여겼다.

"그럼 오늘 박건호 선수는 못 보겠군요."

조태식 이사장이 아쉬운 표정을 지었다. 그러자 고상민이 이번에도 냉큼 말을 받았다.

"아닙니다, 이사장님. 건호, 이제 아르바이트 끝날 시간 됐습니다."

고상민은 일단 지르고 봤다. 안승혁이 뜨악한 표정을 지었지만 눈 하나 까딱하지 않았다.

세명 고등학교의 실세인 조태식 이사장이 왔고 건호를 찾았다. 그것만으로도 건호를 어떻게든 이 자리에 데려다 놓아야만 했다.

"오호, 그래요?"

조태식 이사장도 반색했다. 다행히 오늘은 오후 스케줄이 없었다. 야구부 해체를 승인하고 김인범 교장과 저녁 식사를 하며 학교 운영 전반에 대한 이야기를 듣기 위해 다른 약속을 잡지 않은 상태였다.

"혹시 박건호 선수가 오는 데 얼마나 걸릴까요?"

조태식 이사장이 고상민을 바라봤다. 그러자 고상민이 또다시 무리수를 던졌다.

"삼십 분! 딱 삼십 분만 기다려 주시면 제가 반드시 건호를 데려오겠습니다!"

마치 명령만 내리면 당장에라도 건호를 끌고 올 것처럼 굴었다.

하지만 조태식 이사장도 굳이 서두를 생각이 없었다. 안승혁 덕분에 오후 일정이 자연스럽게 조정된 상태였다. 게다가 자신이 승인한 이 야구 연습장은 야간 훈련도 가능하도록 조명 시설까지 완벽하게 설치가 되어 있었다.

"아니, 그렇게까지 서두를 건 없어요. 박건호 선수도 피곤할 테니 천천히 오라고 하세요."

조태식 이사장은 건호를 배려했다. 덕분에 건호는 고상민의 방해 없이 충분히 숙면을 취할 수 있었다.

2

건호가 야구장에 나타난 시각은 오후 7시 30분. 조태식 이사장이 찾아온 지 3시간이 지난 뒤였다.

"왜 이렇게 늦었어!"

"이것도 빨리 온 거야."

"암튼 쓸데없이 잠은 많아가지고!"

"네가 야간에 알바해 봐. 그게 얼마나 피곤한 줄 알아?"

"어쨌든 이사장님 앞에서 말조심해. 괜히 쓸데없는 소리 말고. 알았지?"

고상민이 먼저 건호를 붙잡고 신신당부를 했다. 자신이 잘 포장(?)해 놓았는데 건호가 말실수라도 하면 큰일이었다.

하지만 건호의 시선은 일찌감치 운동장 쪽으로 옮겨간 뒤였다.

"지금 뭐하는 거야?"

"뭐하긴, 이사장님 모셔다 놓고 테스트 중이지."

"이사장님?"

건호가 다시 눈을 옮겼다. 고상민의 말처럼 더그아웃 앞쪽

벤치에 낯이 익은 중년 사내가 앉아 있었다.

그런데 경기를 지켜보는 건 조태식 이사장만이 아니었다.

"원숭이 영감은 뭔 일이래?"

건호가 조태식 이사장 오른쪽에서 허리를 펴지 못하고 있는 김인범 교감 쪽으로 턱짓을 했다.

선수들 사이에서는 원숭이 영감이라 불리는 김인범 교감을 비롯해 학생부장 안인철과 체육 교사 김성묵까지 마치 죄인처럼 줄을 지어 서 있었다.

"딱 보면 모르겠냐? 이사장님 오셨으니까 알랑방귀 뀌려는 거지."

고상민이 대수롭지 않게 말했다. 설사 자신들이 모르는 사정이 있다 한들 알 바 없다는 반응이었다.

"원숭이 영감 신경 쓰지 말고 저기…… 저쪽에 있는 사람 봐봐."

"저 사람이 누군데?"

"선글라스를 끼고 있어서 확신은 못 하겠지만 내 생각에는 조기하 감독님 같아."

"뭐? 조기하 감독님?"

건호가 놀란 눈으로 조태식 이사장의 왼편에 앉아 있는 사내를 바라봤다. 아마 야구계의 이단아라 불리는 그 조기하 감독이 설마 이곳에 와 있을 줄은 생각조차 하지 못했다.

때마침 상대도 건호 쪽으로 고개를 움직였다.

"오, 저 선수인가 보네요."

건호를 발견한 선글라스 사내, 조기하 감독이 입을 열었다. 큰 키에 다부진 체격까지. 아르바이트를 다녀왔다는 박건호가 틀림없어 보였다.

"이제 왔나 보네요."

조태식 이사장도 건호를 바라봤다. 예상보다 늦게 도착하긴 했지만 조기하 감독의 반응을 보니 기다리길 잘했다는 생각이 들었다.

"저 선수는 어때요?"

조태식 이사장이 단도직입적으로 물었다. 선수 보는 눈만큼은 정평이 나 있는 조기하 감독이 박건호에게 어떤 평가를 내릴지 궁금해졌다.

하지만 조기하 감독은 말을 아꼈다.

"아직은 잘 모르겠습니다."

"안승혁 선수는 재목이라고 한 번에 알아보셨잖아요?"

"하하, 그야 대게 저렇게 생긴 타자들은 잘만 가르쳐 놓으면 대성하니까요."

"박건호 선수도 체격은 안승혁 선수 못지않아 보이는데요."

"그렇긴 하지만 투수는 또 타자하고 다릅니다. 160㎞/h 가까이 던지면서도 볼질만 해대는 투수도 있고 위기만 찾아오면 겁을 먹고 도망치는 투수도 있고요."

"흠……. 결국 던지는 걸 봐야 한다는 말씀이죠?"

"그걸 보여주시려고 절 부르신 거 아니었습니까?"

조태식 이사장이 피식 웃었다. 말은 저렇게 해도 박건호에 대해 괜찮은 말이 흘러나올 것이라 여겼다.

하지만 조기하 감독은 이내 입을 다물어버렸다.

안승혁이야 조태식 이사장이 먼저 실력을 확인했으니 마음이 편했다. 자신이 무슨 말을 하더라도 조태식 이사장은 기꺼이 받아들일 수 있었다.

그러나 박건호는 달랐다. 자신은 물론 조태식 이사장도 처음 보는 상황이었다.

'프로필상으로는 184라고 나와 있는데, 더 커 보이는데? 몸도 다부지고 하드웨어는 확실히 좋아. 거기다 좌완이니까 패스트볼 하나만 잘 던져도 나쁘진 않겠어.'

조기하 감독은 박건호에 대한 기대감을 애써 억눌렀다. 솔직히 세명 고등학교 같은 팀에 안승혁 수준의 괴물이 또 있으리라고는 생각되지 않았다.

하지만 그것도 잠시.

퍼엉!

저만치서 박건호가 몸을 풀기 시작하자 조기하 감독의 눈빛이 달라졌다.

3

"일단 몸부터 풀어라. 이제 너 들어갈 차례라고."

고상민이 재촉하듯 말했다. 연락이 되지 않는 송준욱을 제외한 5명의 투수 자원 중 마운드에 오르지 않은 건 건호가 유일했다.

게다가 마운드 위에 서 있는 2학년 이신영은 지칠 대로 지친 상태였다.

"몸은 진즉에 다 풀었어. 여기까지 뛰어왔잖아."

"그럼 내가 공 받아줄 테니까 던져."

"네가?"

"시간 없으니까 빨리."

"야, 포수 볼 거면 장비 차."

건호가 다급히 소리쳤다. 하지만 고상민은 가볍게 오른손 가운뎃손가락을 펴 보였다.

"헛소리 말고 던져. 네 공 따위는 맨손으로도 잡을 수 있으니까."

"너 그러다 다친다."

"하이고, 남들이 보면 슬레이튼 커쇼라도 되는 줄 알겠어요."

고상민이 간이 불펜 포수석에 앉아 미트를 들어 올렸다.

중학교 때까지 포수를 했고 고등학교에 진학한 이후 내야전 포지션을 소화해 왔으니 건호의 연습 투구를 받아주는 것쯤은 일도 아니라고 여겼다.

"으이그, 저 입만 산 놈."

로진백을 가볍게 두드린 뒤 건호는 야구공을 단단히 움켜잡았다. 날씨도 쌀쌀한데 제구가 빗나가면 고상민의 입에서 곡소리가 터질지 몰랐다.

건호가 투수판을 밟자 고상민이 냉큼 사인을 냈다.

구종은 포심 패스트볼.

코스는 한가운데.

무슨 일로 연습 투구를 받아주나 했더니 오랜만에 포수 놀이가 하고 싶었던 모양이었다.

"너를 누가 말리겠냐."

잠시 숨을 고른 뒤 건호는 곧바로 투구 동작에 들어갔다.

연습 투구이고 고상민이 포수석에 앉아 있다는 걸 감안해 어깨에 힘을 뺐다. 대신 고상민의 미트에 정확하게 공을 집어넣으려 노력했다.

그런데…….

퍼엉!

미트 소리가 생각 이상으로 묵직하게 울려 퍼졌다.

'젠장, 오랜만에 던졌더니 힘 조절이 안 됐나 보네.'

건호가 머쓱한 얼굴로 고상민에게 왼 손바닥을 들어 보였다. 잔뜩 일그러진 고상민을 보니 고의가 아니었다는 사실을 알려줘야 할 것 같았다.

하지만 고상민은 그 자리에서 미트를 내동댕이쳐 버렸다. 그러고는 저만치 뒤쪽에서 연습 스윙을 하고 있던 1학년 포수 김일동을 불렀다.

"야, 김일동!"

"넵, 선배님."

"와서 건호 공 좀 받아줘라."

"예? 이제 곧 제 타석인데요?"

"건호 몸 푸는 거 받아주고 건호 공 쳐. 나는 손바닥 아파서 못 받겠으니까."

"아, 넵."

김일동이 냉큼 포수 장비를 챙겼다. 그사이 고상민은 야구부실에 들어가 스피드건을 가지고 나왔다.

"무슨 연습 투구에 구속 측정씩이나……."

자신을 향해 스피드건을 겨눈 고상민을 보며 건호가 헛웃음을 흘렸다. 투수라면 누구나 신경 쓰는 게 구속이라지만 이처럼 쌀쌀한 날씨에 측정해 봐야 좋은 결과가 나올 것 같진 않았다.

그러나 고상민도 아무 이유 없이 스피드건을 들고 온 게 아니었다.

"일동아."

"네, 선배님."

"내 착각인지는 몰라도 저 자식 공이 좀 빨라진 거 같거든?"

"아, 넵."

"그리고 내가 스피드건을 들었으니 아마 더 빨리질 거 같거든? 그러니까 정신 바짝 차려라. 나중에 손바닥 아프다고 하지 말고."

고상민이 김일동에게 넌지시 경고했다. 포수 자원으로 입학한 김일동이 자신처럼 방심하다 손바닥으로 공을 받진 않겠지만 마지막 순간까지 공이 뻗어왔던 게 신경이 쓰였다.

"넵, 알겠습니다."

김일동은 말을 잘 듣는 후배였다. 잔소리꾼 고상민의 말도 허투루 흘리는 법이 없었다.

김일동이 단단히 자세를 잡자 건호도 마음가짐이 달라졌다.

'대충 던졌는데 스피드가 안 나오면 두고두고 놀림을 당할 테니까…….'

건호가 힘껏 공을 움켜쥐었다.

구종은 당연히 포심 패스트볼.

장타자들이 가장 좋아한다는 한복판 높은 쪽 스트라이크를 머릿속으로 그렸다.

'자, 간다!'

건호는 익숙한 리듬에 몸을 맡겼다. 힘껏 오른 다리를 들어올린 뒤 최대한 길게 뻗고 상체를 앞으로 최대한 끌고 나와 마지막 순간에 힘 있게 공을 채냈다.

그렇게 하면 평소 자신이 던져 왔던 140㎞/h대 중반의 공이 위에서 아래로 내려 찍히듯 김일동을 향해 날아갈 것이라고 여겼다.

그런데…….

퍼어엉!

이번에도 미트의 울림이 심상치가 않았다.

"크윽!"

힘겹게 공을 받아낸 김일동의 입에서도 신음이 터져 나왔다. 그러고는 믿기지 않는다는 얼굴로 고상민을 돌아봤다.

"스트라이크, 짜샤."

고상민이 굳은 얼굴로 말했다. 큰 키에 오버핸드로 던지는 투구 스타일상 볼처럼 느껴질 수는 있겠지만 코스만 놓고 보자면 나무랄 데 없는 스트라이크였다.

"그게 아니라 공이…….'

김일동은 쉽게 말을 잇지 못했다. 올 가을까지 수도 없이 건호의 공을 받아왔지만 이런 공은 처음이었다.

"호들갑 떨지 말고 몇 개 더 받아봐."

고상민은 성급하게 판단을 내리지 않았다. 다른 투수도 아니고 절친 건호의 일이다. 공 두 개 가지고 흥분했다가 우연찮게 얻어걸린 걸로 나오면 두고두고 미안해질 수 있었다.

"넵, 선배님."

김일동도 고상민의 지시대로 아무렇지도 않은 얼굴로 건호에게 공을 돌려주었다.

"뭐야? 구속이 안 나왔나?"

건호는 손에 로진 가루를 두둑하게 묻혔다. 공도 더욱 단단히 움켜쥐었다. 그리고 실전 경기에 임하는 각오로 힘껏 공을 내던졌다.

파아앙!

미트의 울림은 여전히 묵직했다. 그러나 이번에도 김일동과 고상민 쪽에서는 별다른 리액션이 보이지 않았다.

"이거 슬슬 열 받네."

건호는 아예 이를 악물고 공을 내던졌다. 구속을 의식하고 던진다고 해서 무작정 구속이 좋아지는 건 아니었지만 이렇게라도 하지 않으면 안 될 분위기였다.

퍼엉!

여덟 번째 연습 투구가 김일동의 미트 속에 파묻혔다. 그와 동시에 스피드건에 구속이 떠올랐다.

149km/h.

건호의 최고 구속인 147km/h보다 2km/h가 빨라져 있었다. 하지만 이 구속이 연습 투구 최고 구속은 아니었다.

5구 때 정점을 찍었던 구속은 6구, 7구, 8구로 이어질수록 1km/h씩 떨어졌다. 구속을 의식하고 공을 던지면서 습관처럼 어깨를 쓴 게 틀림없었다.

하지만 그 이전의 공들은 고상민을 놀라게 만들었다.

2구 151km/h.
3구 152km/h.
4구 152km/h.
5구 153km/h.

프로 스카우터들이 가지고 다니는 고가의 정밀한 스피드건은 아닌 만큼 숫자를 있는 그대로 믿긴 어려웠지만 건호의 구속은 확실히 빨라져 있었다.

달라진 건 구속만이 아니었다.

"선배님, 죽을 것 같습니다."

김일동이 미트를 벗으며 앓는 소리를 내뱉었다. 농담이 아니라 예전보다 훨씬 빨라진 건호의 공이 훨씬 요란스럽게 날

아드는 탓에 미트 포켓으로 잡아낸 공이 한 개도 없을 정도
였다.

"공 좋지?"

고상민이 동의를 구하듯 물었다.

"전 진짜 건쇼가 던지는 줄 알았습니다."

김일동이 혀를 내둘렀다.

슬레이튼 건쇼.

가끔 건호가 신들린 것처럼 공을 던질 때 칭찬 반 농담 반
섞어가며 불러주는 별명이었다.

슬레이튼 커쇼를 동경하는 건호는 이 별명을 무척 좋아했
다. 놀림이 섞여 있다는 걸 알면서도 누군가 건쇼라 불러주면
입가에서 웃음이 떠나질 않았다.

하지만 김일동이 내뱉은 건쇼라는 별명은 최고의 칭찬이었
다. 후배로서 느낀 걸 전부 입으로 떠들어댈 수 없으니 자신
이 할 수 있는 최고의 평가를 내린 것이다.

그리고 고상민은 김일동의 평가에 전적으로 공감했다.

"쇼타임이다."

"네?"

"이사장에게 우리 팀 에이스의 진면목을 보여줄 차례야."

고상민이 건호의 에이전트라도 되는 것처럼 웃었다. 안승
혁의 타석 이후로 조태식 이사장의 눈길을 끌 만한 선수가 나

오지 않아 불안불안했는데 오늘 건호의 공이라면 확실히 눈도장을 받을 수 있을 것 같았다.

때마침 마운드 위에 있던 이신영도 신호를 보내왔다. 선발 자원으로서 타자 9명을 쉬지 않고 상대했으니 제 역할은 충분히 다한 셈이었다.

"투수 교체하겠습니다!"

발목 부상으로 일일 감독 역할을 수행하게 된 고상민이 조태식 이사장 쪽을 향해 크게 소리쳤다. 그리고 건호와 함께 마운드에 올랐다.

"오늘 내 공 별로냐?"

"왜? 망신당할까 봐 겁나냐?"

"그래, 인마. 겁난다."

"짜식, 뭘 이런 걸 가지고 겁내고 그래?"

고상민이 정말 감독이라도 된 것처럼 건호의 가슴을 주먹으로 툭 하고 때렸다. 그러고는 건호만 들을 수 있도록 나지막하게 말했다.

"너 오늘 공 장난 아냐. 그러니까 맘껏 던져."

"진심으로 하는 말이냐?"

"그래, 인마. 너 오늘은 진짜 건쇼 모드니까."

건쇼라는 별명이 튀어나오자 건호의 입가에 웃음이 번졌다. 다른 사람도 아니고 남 깎아내리는 게 취미인 고상민이 건쇼라 말할 정도라면 제대로 구속이 나오는 모양이었다.

"짜식, 미리 말해주면 좋잖아."

"원래 이래야 더 드라마틱한 거야."

"무슨 드라마 찍냐?"

"찍어야지, 드라마. 참고로 각본은 내가 썼다. 주인공은 너고."

"장르는 막장이냐?"

"아니, 히어로물."

"장르 좋네."

건호가 슬쩍 어깨를 폈다.

"너만 믿는다."

일일 감독으로서 할 수 있는 모든 걸 다 한 뒤에 고상민은 천천히 마운드를 내려왔다. 그리고 잠시 후 주전 포수 안상원이 건호에게 다가왔다.

"컨디션은 어때?"

"나쁘진 않아."

"신영이는 오늘 영 별로야. 쉴 때 운동도 안 했는지 초반에만 안타를 5개나 맞았다고."

안상원이 오자마자 이신영을 까댔다. 조태식 이사장이 보고 있으니 설렁설렁 던지지 말라고 그렇게 말했는데 초반에 아웃 카운트 하나 잡지 못하고 연달아 안타를 허용했으니 포수로서 기분이 좋을 리 없었다.

"이건 방식이 어떻게 되는 거야?"

"특별할 건 없고. 숫자가 부족하니까 타석에 들어선 애들은 수비 보고 나머지는 번갈아 가며 치는 거야."

"안타 치면 출루하는 거고?"

"어, 출루는 빼자고 했는데 이사장님하고 같이 온 아저씨가 그럼 테스트하는 의미가 없다나 뭐라나."

"오케이, 대충 이해했어."

본래라면 자체 청백전을 진행해야겠지만 두 팀을 꾸릴 만한 인원이 부족한 상태였다.

신입생이 들어오지 않은 현재 세명 고등학교 야구부 정원은 정확하게 18명. 그중 강성용과 안정수, 최기범, 송준욱이 빠진 탓에 남은 인원은 14명이 전부였다.

그래서 조기하 감독은 룰을 바꿨다. 팀의 구분 없이 투수와 타자의 대결로만 경기 방식을 간소화한 것이다.

"몇 명을 상대하건 네 자유인데 한 타순은 버텨봐. 인국이 빼곤 다 그 정도 던졌어."

"인국이는 얼마나 던졌는데?"

"여덟 타자. 마지막에 하필 승혁이를 만나서 영혼까지 털리고 내려갔다."

"그럼 한 타순 이상 던져야겠네."

건호가 고개를 주억거렸다. 세명 고등학교 투수 자원 중 가장 체력이 떨어진다는 송인국이 8타자까지 버텼다면 한 타순은 기본으로 소화해야 할 것 같았다.

"얼마나 던지게? 괜찮겠어?"

"칠 수 있는 애들 한 번씩 다 들어오라 그래."

"투수조까지 다?"

"방망이만 들고 서 있는 애들은 빼고 자신 있으면 들어와도 상관없어."

"좋아, 그럼 사인은······."

안상원과 건호는 마지막으로 사인을 확인했다. 유출 방지를 위해 만들어 놓은 4가지 사인 중 지금부터 사용하는 건 세 번째 사인이었다.

"구종 순서 헷갈리지 마."

안상원이 미트로 건호의 엉덩이를 툭 때리고는 포수석으로 내려갔다. 그리고 잠시 뒤, 선두 타자로 리드오프 후보인 2학년 박인찬이 들어왔다.

포수 안상원은 몸 쪽으로 깊숙이 미트를 붙였다. 구종은 포심 패스트볼. 몸 쪽 공을 좋아하는 박인찬의 방망이를 끌어내 볼카운트를 유리하게 끌고 가자는 소리였다.

'아슬아슬하게 찔러 넣으라 이 말이지?'

안상원의 의도를 알아챈 건호가 가볍게 고개를 끄덕였다.

박인찬은 타격 센스만큼이나 선구안이 좋았다. 스트라이크존을 벗어난 공에 좀처럼 방망이를 내미는 경우가 없었다.

"후우……."

천천히 숨을 고른 뒤 건호가 투수판을 박차고 앞으로 나갔다.

후아앗!

건호의 손끝을 빠져나온 공이 곧장 박인찬의 몸 쪽으로 붙어 들어갔다. 그리고 그대로 안상원의 미트 속으로 빨려 들었다.

퍼어엉.

묵직한 포구 소리가 울렸다. 순간 모두가 놀란 눈으로 홈 플레이트 쪽을 바라봤다.

제자리에 서서 꼼짝도 못 했던 박인찬도 뒤늦게 고개를 돌렸다. 그러자 박인찬이 내뱉어야 할 소리가 안상원의 입에서 튀어 나왔다.

"저 자식, 대체 뭘 던진 거야?"

"지금 나한테 묻는 거야?"

"그럼 너 말고 누구 또 있냐?"

"……패스트볼 아니었냐?"

포심 패스트볼과 커브, 슬라이더, 체인지업 정도를 던지는 박건호의 구종 중에 가장 빠른 공은 당연 포심 패스트볼이다.

무브먼트가 심해지긴 했지만 이 정도로 빠르고 곧게 날아온 공이라면 당연히 포심 패스트볼이라고 봐야 했다.

그러나 안상원은 쉽게 고개를 끄덕이지 못했다. 지금껏 수 없이 박건호의 포심 패스트볼을 받아왔지만 이런 식으로 날 아온 공은 처음이었다.

'저 자식이 뭔가 장난을 친 게 분명해.'

안상원은 박건호가 그립에 변화를 줬을 거라고 의심했다. 그렇지 않고서야 열에 아홉 개는 밀려들어 오던 포심 패스트 볼이 이렇게 달라질 수는 없는 노릇이었다.

하지만 이 상황에서 그걸 따질 수도 없었다. 어찌 보면 박 건호도 야구부 폐부를 막기 위해 자신의 히든카드를 꺼낸 거 나 다름없었다.

'끝까지 이렇게 던져. 중간에 지치면 안 된다.'

안상원이 의지를 담아 박건호에게 공을 던져 주었다. 이 초 구로 눈높이를 높여 놓고 다시 예전처럼 밋밋한 공을 던져 댔 다간 미소가 번진 조태식 이사장의 얼굴이 실망감으로 변할 지 몰랐다.

그러나 마운드에 선 건호는 아직까지 자신의 공이 얼마나 어떻게 달라졌는지 완전히 파악하지 못하고 있었다.

그저 고상민이 건쇼 모드라니 평소처럼 구속이 나오는 줄 로만 알았다. 박인찬이 놀라고 안상원의 포구 소리가 묵직한 것도 기분 탓이라고 여겼다.

'흥분하지 말자. 이제 공 하나 던졌어.'

길게 숨을 고르며 건호가 안상원을 바라봤다. 안상원은 잠시 뜸을 들이더니 초구와 똑같은 코스로 2구를 주문했다.

심지어 구종까지 같았다.

포심 패스트볼.

건호가 던진 초구가 우연인지 아닌지를 확인해 보고 싶은 마음이 앞선 모양이었다.

건호는 대수롭지 않게 고개를 끄덕였다. 타격 능력은 떨어지지만 안상원의 투수 리드 능력은 수준급이다. 게다가 타자들과 심리 싸움을 벌일 줄 아는 포수다.

'인찬이가 초구에 제대로 반응하지 못한 모양인데, 그럼 다시 한번 던져 줘야지.'

반쯤 숨을 머금은 뒤 건호가 안상원의 미트를 향해 힘껏 공을 내던졌다.

후아앗!

요란한 바람 소리와 함께 공이 날아들었다. 다른 투수보다 30㎝ 이상 높은 릴리스 포인트에서 출발한 공이 거의 위에서 아래로 내려찍듯 달려들자 박인찬은 이번에도 방망이를 내밀지 못했다.

퍼어엉!

안상원의 미트가 또 한 번 들썩거렸다. 동시에 안상원의 표정이 기이하게 변했다.

'공이 정말로 뻗어 오르잖아?'

초구를 받을 때까지만 해도 착각인가 싶었다. 흔히들 말하는, 운 좋게 공이 긁혀서 투구 궤적이 비틀린 것이라고 여겼다.

그런데 2구도 똑같이 뻗어 오르는 느낌으로 날아들었다. 중력을 거스를 수는 없으니 정말로 공이 솟구치지는 않겠지만 예전에 비해 눈에 띄게 무브먼트가 좋아졌다.

'구속도 제법 빨라진 거 같고. 저 자식, 못 보던 사이에 뭐 이상한 거 먹은 거 아냐?'

안상원이 미트 웹에 단단히 틀어박힌 공을 빼냈다. 그러자 멍하니 서 있던 박인찬이 고개를 돌리며 물었다.

"이거 패스트볼 맞아?"

"뭔 소리야? 네가 아까 패스트볼이라며?"

"그런 줄 알았지. 근데…… 건호가 이런 공을 던진 적이 없잖아."

박인찬이 반쯤 질린 얼굴로 중얼거렸다. 지난 2년간 자체 청백전을 통해 박건호를 여러 차례 상대해 왔지만 지금처럼 위력적인 포심 패스트볼을 던진 적은 처음이었다.

하지만 지금은 한가하게 박건호를 평가할 때가 아니다.

"얼빠진 소리 말고 정신 차려. 테스트를 받는 건 건호만이 아니라고."

안상원이 다그치듯 말했다. 조태식 이사장이 직접 지켜보는 자리다. 안승혁과 박건호의 들러리로 전락하고 싶지 않으면 정신 바짝 차려야 한다.

"후우……."

박인찬도 애써 마음을 다잡았다. 아무리 연습 경기라고는 하지만 야구 선수로서의 재능은 자신보다 못하다고 여겼던 박건호에게 이대로 추월당하고 싶지 않았다.

"같은 코스로 하나 더 붙일 테니까 이번엔 좀 휘둘러 봐."

안상원이 나직이 말했다. 박건호의 공의 위력을 객관적으로 판단하기 위해서라도 박인찬의 분전이 필요했다.

그러나 박인찬은 마지막 기회마저 허무하게 날려 버렸다. 박건호가 투구 동작에 들어가기가 무섭게 평소보다 한 타이밍 빠르게 방망이를 휘둘러 봤지만.

퍼엉!

박건호의 공은 그보다 한발 앞서서 안상원의 미트 속에 파묻혀 버렸다.

"크윽!"

박인찬이 입술을 깨물며 타석 밖으로 물러났다. 그러자 대기 타석에 서 있던 2학년 한승렬이 보란 듯이 면박을 줬다.

"븅신, 치라고 던져 줬는데 그거 하나를 못 치냐?"

한승렬은 박인찬과 같은 중학교 출신인 안상원이 일부러 안타를 내주려고 농간을 부렸다고 여겼다. 그렇지 않고서야 같은 코스로 포심 패스트볼만 연속 3개가 들어올 리가 없다고 확신했다.

"야, 안상원. 인찬이 챙기는 것도 좋지만 주작질 적당히 해라."

한승렬은 안상원에게도 한마디 했다. 아무리 연습 경기라고는 하지만 포수가 타자의 편에 서는 건 엄연히 반칙이다.

하지만 안상원은 굳이 대꾸하지 않았다. 선배들이 졸업하면서 어부지리로 3번 타자 자리를 꿰찬 주제에 안승혁이라도 되는 것처럼 구는 한승렬과 굳이 말을 섞어봐야 입만 아플 뿐이었다.

"그럼 어디 한번 날려보실까?"

한승렬이 자신만만한 얼굴로 방망이를 들어 올렸다. 송인국과 이신영을 상대로 2루타를 때려냈다고 지나치게 기고만장한 모습이었다.

'괄약근에 힘 딱 줘라.'

안상원은 일부러 한승렬의 몸 쪽으로 미트를 완전히 붙여 넣었다.

'이 자식 한 대 맞혀 버려!'

그 사인이 박건호에게 전해졌다.

'나도 저 자식이 싫긴 하지만 이건 아니지, 인마.'

건호는 속으로 혀를 찼다. 안상원이 한승렬을 싫어한다는 걸 모르지는 않지만 이건 아니다.

개인적으로 건호도 한승렬은 싫다. 아니, 세명 고등학교 야구부원 중 한승렬과 친하게 지내는 선수 자체가 없었다.

야구부에 들어와 하라는 야구는 안 하고 친목질만 해대던 고상민조차 한승렬과는 적당히 거리를 둘 정도니 말 다한 셈이다.

하지만 그렇다고 해서 같은 팀 선수를 고의로 맞힐 수는 없는 노릇이다.

'꽉 차게 던지자. 그 정도면 상원이도 만족하겠지.'

건호는 안상원의 미트 대신 몸 쪽 꽉 찬 공을 머릿속으로 그렸다. 그리고 가상의 미트를 향해 힘껏 공을 내던졌다.

그런데…….

후아앗!

지나치게 제구에 신경을 쓴 탓인지 손가락을 빠져나간 공이 가운데로 몰려 버렸다.

'왔다!'

한승렬은 기다렸다는 듯이 방망이를 휘돌렸다. 박건호가 홈런 한 방 때리라고 대놓고 공을 던져 주는데 이걸 놓치는 건

말이 되지 않았다.

후웅!

벼락처럼 휘돌린 한승렬의 방망이와 공이 홈 플레이트 앞쪽에서 만났다. 타이밍은 좋았다. 방망이 중심에 맞히기만 한다면 담장을 넘기는 호쾌한 타구가 나올 가능성이 높았다.

그런데 정작 타격음이 들리지 않았다. 대신 묵직한 포구 소리가 경기장에 울려 퍼졌다.

'이, 이게……!'

시원하게 헛방망이질을 한 한승렬의 표정이 경악으로 물들었다. 분명 타이밍이 맞았는데 마지막 순간 공이 방망이 위쪽으로 스쳐 지나 버렸다.

"이거 뭐야?"

한승렬이 매서운 눈으로 안상원을 노려봤다.

'너희 둘이 짜고 무슨 수작을 부린 게 분명해!'

말을 하진 않았지만 안상원의 표정이 그렇게 말하는 것 같았다.

하지만 안상원은 한승렬을 위해 친절하게 상황 설명을 해 줄 마음이 눈곱만큼도 없었다.

"원 스트라이크다."

"……뭐?"

"스트라이크라고. 귀가 먹었나?"

"크윽!"

"그리고 잘 좀 해라. 한복판에 던져 줬으면 좀 쳐야지."

안상원은 한승렬이 박인찬에게 했던 말을 그대로 돌려주었다. 목까지 시뻘게진 한승렬이 투우사에게 농락당한 황소처럼 씩씩거렸지만 신경 쓰지 않았다.

"두고 보자!"

한승렬이 빠득 이를 갈며 방망이를 들어 올렸다. 그러자 안상원도 보란 듯이 미트를 움직였다.

코스는 몸 쪽 높은 공. 구종은 포심 패스트볼.

한승렬처럼 장타력만 믿고 까부는 타자들이 가장 좋아한다는 몸 쪽 하이 패스트볼을 요구한 것이다.

"후우……."

건호는 일단 고개를 끄덕였다. 괜히 남의 싸움에 말려든 것 같아 찜찜하긴 했지만 안상원의 리드 자체는 나쁘지 않아 보였다.

'승렬이 녀석은 흥분하면 마구잡이로 방망이를 휘둘러 대는 편이니까.'

건호는 안상원이 한승렬을 엿 먹이기 위해서가 아니라 효율적으로 두 번째 스트라이크를 잡기 위해 하이 패스트볼을 요구한 것이라고 스스로를 납득시켰다. 그리고 안상원의 미트를 향해 있는 힘껏 공을 내던졌다.

후아앗!

건호의 손끝을 빠져나간 공이 한승렬의 어깨 쪽으로 향했다. 이번에도 제구는 완벽하지 않았다. 안상원이 요구했던 것보다 공이 서너 개 정도 낮게 날아갔다.

하지만 결과는 안상원의 예상과 크게 다르지 않았다.

"크악!"

이를 악물고 방망이를 휘두른 한승렬.

퍼엉!

그런 한승렬을 농락하듯 미트에 파묻힌 공.

"잘 좀 봐. 그런 공에 속으면 어떻게 해?"

안상원이 기다렸다는 듯이 이죽거렸다. 그러고는 3구째 바깥쪽 꽉 찬 포심 패스트볼을 요구해 흥분한 한승렬을 스탠딩 삼진으로 돌려세웠다.

이후로도 박건호의 탈삼진 쇼는 계속됐다. 안상원이 코스만 바꿔가며 포심 패스트볼만 요구하는데도 누구 하나 제대로 된 타구를 만들어내지 못했다.

"뭐야? 건호, 저 자식 오늘 왜 저래?"

"오늘 진짜 장난 아닌데?"

"저 자식 쉬는 동안 따로 강습이라도 받은 거 아냐?"

박건호에게 삼진을 얻어먹은 선수들은 하나같이 혀를 내둘렀다.

박건호가 박인찬과 한승렬을 연속 삼진으로 잡아낼 때까지
만 해도 운이 좋았다고 여겼는데 막상 타석에 들어서 보니 공
을 건드릴 엄두조차 나지 않았다.

　"박건호 선수, 대단하네요."

　조태식 이사장도 감탄을 금치 못했다. 아르바이트를 끝마
치고 온 선수가 무려 10명의 타자를 연속 삼진으로 잡아내니
마치 만화를 보는 듯한 기분마저 들었다.

　하지만 조기하 감독은 판단을 보류했다. 박건호가 생각 이
상으로 좋은 공을 던진다는 사실은 확인했지만 그 공이 어디
까지 통하는지는 조금 더 지켜볼 필요가 있다고 여겼다.

　때마침 조기하 감독을 위해 안승혁이 방망이를 들고 타석
에 들어섰다.

　4번 타자 vs 에이스.

　드디어 기다리던 매치업이 시작됐다.

3장
변화

1

"힘드냐?"

"아니, 별로."

"진지하게 묻는 거야."

"나도 진지하게 대답하는 건데?"

"나불거리는 거 보니까 멀쩡하네."

고상민이 히죽 웃었다. 이제 막 본경기가 시작됐는데 건호
가 지치지 않아서 다행이라는 표정이었다.

"한 타석 승부로 할래? 아니면 3아웃으로 할래?"

"승혁이는 뭐래?"

"10아웃 게임 하자는데?"

"웃기는 놈이네. 내가 피칭 머신이냐? 그럴 거면 동전 넣으라고 그래."

건호가 헛웃음을 흘렸다. 10타자를 상대로 35개의 공을 던졌다. 내년부터 선발로 나설 계획이었다고는 하지만 아직은 그 정도의 체력이 만들어지지 않은 상태. 안승혁이 원하는 대로 싸운다면 아웃 카운트를 다 채우기 전에 지칠 가능성이 높다.

"그럼 3아웃으로 하자. 그래야 너도 승혁이도 덜 찝찝할 테니까."

고상민이 중재안을 내놓았다. 만약 건호가 컨디션이 좋지 않았다면 무조건 한 타석 승부를 제안했을 것이다. 경기 결과가 어떻게 나오든 그 편이 건호의 정신 건강에 이로웠기 때문이다.

하지만 지금은 이야기가 다르다. 박인찬과 한승렬을 연속 삼진으로 잡아낼 때 알아봤지만 오늘의 박건호는 정말이지 건쇼 같다. 앞에 슬레이튼이라는 성까지 붙여서 불러주고 싶을 정도였다.

"고 감독이 까라면 까야지."

건호도 대수롭지 않게 고개를 주억거렸다. 안승혁을 제외하고는 더 이상 타석에 들어설 선수가 없었다. 박인찬과 한승렬조차 건호와의 재대결을 꺼려 하는 상태였다. 그렇다면 안 승혁과 여러 번 승부하는 게 나을 것 같았다.

'본래 최종 보스는 목숨이 여러 개인 법이지.'

건호는 단순하게 생각했다. 한 타석 승부로 안승혁을 운 좋 게 잡았다고 해서 안승혁을 이겼다는 생각은 들지 않을 것 같 았다.

"자세 좋아. 훌륭해."

고상민이 건호의 어깨를 툭툭 두드린 뒤 타석 쪽으로 움직 였다. 그러자 안상원이 다시 마운드로 올라왔다.

"이제부터는 변화구 사인도 낼 생각인데 어때?"

안상원이 조심스럽게 물었다. 건호가 포심 패스트볼 하나 로 자신을 포함해 10명의 타자를 삼진으로 잡아내긴 했지만 상대는 안승혁이었다. 단순히 포심 패스트볼 하나만으로는 한계가 있을 것 같았다.

"포심 패스트볼 오늘 잘 들어가던 거 아니었어?"

건호가 씩 웃었다. 포심 패스트볼이 맞아 나갔다면 모르겠 지만 단 하나의 정타도 허용하지 않았다. 그렇다면 안승혁에 게도 일단 포심 패스트볼로 밀어붙이는 게 옳았다.

"오늘 네 공 좋아. 내가 삼진당해서 하는 말이 아니라 진짜 장난 아냐. 도저히 맞히질 못하겠어."

"오늘따라 너나 상민이나 립 서비스가 과한데?"

"농담으로 하는 이야기 아냐. 너 때문에 지금 손바닥이 이 지경이라고."

안상원이 장갑을 벗고 제 손바닥을 보여주었다. 농담이 아니라 두툼한 손바닥이 벌겋게 달아오르다 못해 퉁퉁 부어 있었다.

"고생하네."

건호는 애써 아무렇지 않은 척 굴었다. 아주 잠깐, 울컥하고 감정이 치밀었지만 되삼켰다. 최종 보스를 쓰러뜨리지도 못했는데 고작 여기서 만족하며 긴장을 풀고 싶지 않았다.

그런 건호의 속내가 표정을 통해 안상원에게 전해졌다.

"짜식, 알았다. 그럼 안타 맞을 때까진 포심 패스트볼로만 가자. 대신 안타 맞은 다음에는 변화구 요구할 거야."

안상원은 미트를 고쳐 끼고 포수석으로 돌아갔다. 안승혁이 고생 많다고 한마디 내던졌지만 굳이 대꾸하지 않았다.

'승혁아, 미안하지만 난 건호 편이다.'

안상원이 조심스럽게 사인을 냈다.

코스는 바깥쪽.

좌투수 박건호가 좌타자인 안승혁에게 던질 수 있는 가장 먼 공이었다.

그렇다고 단순히 안승혁에게 맞지 않겠다는 리드는 아니었다. 앞선 타자들에게 대부분 몸 쪽 승부를 해왔으니 안승혁의 눈에 몸 쪽 공이 익숙해져 있을 것이라고 판단했다.

건호도 안상원의 사인에 가볍게 고개를 끄덕거렸다. 그러고는 있는 힘껏 공을 내던졌다.

후아앗!

건호의 손끝을 빠져나간 공이 안승혁의 몸 쪽에서 출발해 한복판을 지나 바깥쪽 높은 스트라이크존을 꿰뚫었다.

건호가 공을 던지기가 무섭게 안승혁이 타격 자세에 들어 갔지만 아득하게 사라져 버린 공 앞에서 차마 방망이를 휘두르지 못했다.

퍼엉!

묵직한 포구 소리가 경기장에 울려 퍼졌다. 동시에 조태식 이사장의 입에서 감탄성이 터져 나왔다.

"엄청난데요. 저 선수. 안 그래요?"

조태식 이사장이 교감 김인범을 바라봤다. 순수하게 동의를 얻기 위한 행동이었지만 지은 죄가 많은 김인범은 그저 고개를 조아릴 수밖에 없었다.

그러자 뒤쪽에 서 있던 학생부장 안인철이 조심스럽게 입을 열었다.

"이사장님 안목이 탁월하십니다. 야구에 이 정도로 조예가 깊으신 줄은 미처 몰랐습니다."

순간 김인범 교감의 얼굴이 와락 일그러졌다. 오른팔이라 여겼던 안인철이 자신이 보는 앞에서 대놓고 조태식 이사장 라인으로 갈아탈 것이라고는 생각지도 못한 것이다.

하지만 안인철로서도 어쩔 수가 없었다. 조태식 이사장이 저렇게 좋아하고 있는데 거기다 대놓고 김인범 교감의 입맛에 맞는 변명을 늘어놓을 수는 없는 노릇이었다.

조태식 이사장은 그 틈을 놓치지 않았다.

"그렇죠? 안 선생님이 보더라도 잘 던지는 거 맞죠?"

"그럼요. 건호와 승혁이는 세명 고등학교 야구부의 자랑입니다. 마음 같아선 둘 다 메이저 리그 보내고 싶은 심정입니다."

"하하, 역시 학생 부장이시라 그런지 몰라도 학생들을 위하는 마음이 대단하십니다."

"아닙니다. 제가 조금만 더 신경 썼더라면 야구부가 이 꼴이 되지는 않았을 텐데. 그저 학생들에게 미안한 마음뿐입니다."

안인철이 진심 어린 목소리로 말했다. 조태식 이사장 앞이라 반쯤 종용된 것일 수도 있겠지만 야구부를 살려보겠다고 이런 날씨에도 저렇게 고생하는 학생들을 보자니 뭉클한 마음마저 들었다.

그러자 분위기에 휩쓸린 체육 교사 김성묵이 말을 받았다.

"승혁이와 건호, 둘 다 기특한 녀석들입니다. 주변 학교에서 둘을 데려가겠다고 접근한 모양인데 승혁이와 건호가 세명 고등학교 야구부에 남겠다고 말했다고 합니다. 그 소리 듣고 어찌나 눈물이 나던지, 선생으로서 정말 부끄러웠습니다."

"주변 학교에서요?"

조태식 이사장이 의아한 눈으로 안인철을 바라봤다. 마음 같아선 김인범에게 따져 묻고 싶었지만 정수리가 보이도록 고개를 숙인 탓에 그럴 수가 없었다.

"그게······."

잠시 머뭇거리던 안인철이 이내 어쩔 수 없다며 자신이 알고 있던 이야기를 전부 털어놓았다. 그 과정에서 김인범 교감의 치부가 일부 드러났지만 안인철은 말을 멈추지 않았다.

"흠······. 그런 일이 있었군요."

조태식 이사장이 묵묵히 고개를 끄덕였다. 그러면서도 건호의 공이 요란스럽게 미트에 틀어박힐 때마다 감탄을 늘어놓는 걸 잊지 않았다. 김인범 교감을 놀리려는 게 아니라 가슴을 뻥 하고 뚫어놓는 것 같은 미트 소리가 들리면 자신도 모르게 탄성이 터져 나와 버렸다.

"지금 볼카운트가 어떻게 됐나요?"

조태식 이사장이 조기하 감독 쪽으로 고개를 돌렸다.

"투 스트라이크 투 볼 같아 보입니다."

조기하 감독이 경기장에 시선을 고정한 채로 대답했다. 자연스럽게 조태식 이사장의 시선도 마운드 쪽으로 향했다.

김인범 교감도 굽혔던 허리를 펴며 고개를 돌렸다. 그 순간.

후아앗!

박건호가 내던진 공이 홈 플레이트를 향해 날아갔다.

'승혁아! 쳐라! 쳐! 꼭 쳐! 두 번, 세 번 쳐 버려!'

김인범 교감이 속으로 소리쳤다. 저 형편없는 공을 안승혁이 힘껏 걷어 올려서 담장 밖으로 날려 버리길 바랐다.

후웅!

안승혁이 망설이지 않고 방망이를 휘돌렸다. 하지만.

퍼어엉!

공은 그대로 안상원의 미트 속에 파묻혀 버렸다.

"안승혁 선수를 삼진으로 잡아냈네요."

조태식 이사장이 빙긋 웃으며 김인범 교감을 바라봤다. 그러자 김인범 교감이 일그러졌던 표정을 빠르게 바꾸며 고개를 숙였다.

"노, 놀랍습니다. 오늘따라 박건호 학생의 컨디션이 좋은 것 같습니다."

김인범 교감은 곧 죽어도 박건호의 실력을 인정하지 않았다. 아니, 인정할 수가 없었다. 이제 와서 박건호가 생각보다 괜찮은 투수 자원이었다고 이실직고한다는 건 말이 되지 않았다. 그건 지금껏 자신이 보고했던 게 전부 거짓이었다고 실토하는 거나 다름없었다.

오히려 김인범 교감은 박건호와 야구부원들이 자신을 엿먹이기 위해 뭔가 수작을 부리고 있다고 여겼다.

최병철 전임 감독은 박건호를 볼 때마다 덩칫값도 못하는 새가슴이라고 말했다. 그런 박건호가 11타자 연속 삼진을 잡아냈다는 것 자체가 말도 안 되는 일이었다.

만약 조태식 이사장 홀로 연습 경기를 지켜봤다면 김인범 교감의 말에 고개를 주억거렸을 것이다.

그리고 박건호가 생각보다 좋은 투수이긴 하지만 김인범 교감이 보고한 대로 게으르며 팀 케미스트리를 해치는 선수라고 판단했을 것이다.

하지만 조태식 이사장의 옆에는 조기하 감독이 있었다.

"조 감독님은 어때요? 박건호 선수가 좋은 공을 던지는 게 단순히 컨디션 때문인 것 같아요?"

조태식 이사장이 보란 듯이 조기하 감독에게 물었다. 그러자 김인범 교감이 애원하듯 조기하 감독을 바라봤다.

조기하 감독이 여기서 자신의 편을 들어준다면 최소한의 변명거리는 마련할 수 있을 것 같았다.

그러나 조기하 감독은 일면식도 없는 김인범 교감의 변명거리나 만들어주기 위해 이 자리에 온 게 아니었다.

'눈은 왜 징그럽게 끔뻑거려? 내가 제일 싫어하는 게 당신 같은 인간들이라고. 알아?'

조기하 감독이 대놓고 미간을 찌푸렸다. 좋은 게 좋은 거 아니겠느냐는 저 능글거리는 표정은 보기만 해도 헛구역질이 밀려들 정도였다.

"잘 모르시나 본데 좋은 컨디션을 유지하는 것도 실력입니다."

조기하 감독은 굳이 여러 말 하지 않았다. 소설을 쓰는 것도 아니고 생각 없이 제멋대로 떠들어대는 김인범 교감의 말을 섞어봐야 입만 아플 것 같았다.

그러자 김인범 교감이 기다렸다는 듯이 꼬리를 물고 늘어졌다.

"저는 전문가가 아닙니다. 하지만 박건호 학생을 꾸준히 지켜본 사람으로서 제 생각을 말씀드리자면, 오늘따라 유독 잘 던지는 느낌입니다. 만약 박건호 학생이 평소에도 저 정도 실력을 보여줬다면 아마 많은 부분이 달라졌을 겁니다."

김인범 교감은 비전문가라는 핑계를 대며 박건호를 깎아내렸다. 본래 저 정도 실력은 아니며 안승혁을 삼진으로 잡은 것도 말 그대로 우연이라고 단정했다.

그 모습이 어찌나 단호하던지 조태식 이사장도 살짝 흔들릴 정도였다. 하지만 그것도 잠시.

퍼엉!

저만치서 묵직한 포구 소리가 들려오자 조태식 이사장의 반짝거리는 두 눈이 다시 운동장 쪽으로 움직였다.

"스트라이크다."

안상원이 얼얼해진 미트 속에서 공을 빼내며 말했다. 공이 다소 높긴 했지만 궤적만 놓고 봤을 때 안승혁이 마음만 먹으면 충분히 때려낼 수 있을 만한 코스였다.

하지만 안승혁의 생각은 달랐다.

"그게 왜 스트라이크야?"

"바깥쪽 꽉 차게 들어왔잖아."

"높았다고. 건호 저 자식, 가뜩이나 키도 큰데 그렇게 높게 들어오는 공을 어떻게 때리라는 거여?"

첫 타석에서 삼진을 당해서일까. 안승혁의 말투가 신경질적으로 변해 있었다.

안상원은 괜히 입이 썼다. 심판이 없으니 안승혁도 스트라이크 볼 판정에 대해 충분히 어필할 수는 있다. 하지만 그 속에 개인적인 감정이 담겨 있어서는 곤란하다.

평소 안승혁이었다면 조금 전 코스를 스트라이크로 잡아준 것에 대해 아무런 불만도 갖지 않았을 것이다. 설사 볼을 스트라이크로 잡아줬다 하더라도 여유롭게 웃고 넘겼을 것이다.

하지만 지금은 달랐다. 마치 이번 공에 삼진을 당하기라도 한 것처럼 민감하게 굴었다.

'너도 아직 건호의 공을 인정 못 하는구나?'

안상원은 그저 헛웃음이 났다. 박건호에 대해서 누구보다 높이 평가하던 안승혁이 정작 앞선 타석에서 당한 삼진을 받아들이지 못하고 있었다.

이럴 리가 없다고, 박건호가 이렇게 좋은 공을 던질 리가 없다고 부정하고 있었다.

물론 이해는 갔다. 투타의 중심으로 불리긴 하지만 작년부터 선배들을 제치고 3, 4번을 오갔던 안승혁과 전국 대회 선발 경험이 전무한 박건호를 같은 레벨의 선수라 보긴 어려웠다.

실제 박인찬과 한승렬도 박건호에게 삼진을 당하고는 굳은 얼굴을 감추지 못했다.

그 외 주전으로 뛸 만한 선수들의 반응도 비슷했다. 박건호를 인정하기보다는 마치 뭔가 속임수에 당한 듯한 얼굴들이었다.

그래서 안상원은 안승혁의 타석이 오길 기다렸다. 안승혁이라는 실력과 인성을 두루 갖춘 선수를 통해 박건호의 실력을 모두에게 인정받고 싶었다.

하지만 이대로는 안승혁에게 제대로 된 에이스 대접을 받기도 어려워 보였다.

'힘으로 밀어붙여 보자. 그러면 승혁이도 느끼는 게 있겠지.'

잠시 고심하던 안상원이 안승혁의 옆구리 쪽으로 미트를 움직였다. 조금만 삐끗해도 큰 걸 허용할 수 있는 위험한 코스였지만 오늘의 박건호라면 다른 결과를 만들어낼 것이라 믿었다.

사인을 확인한 건호도 피식 웃었다. 그렇지 않아도 첫 타석 때 안승혁을 헛스윙 삼진으로 잡아내며 자신감에 가득 찬 상태였다.

'까짓것 한번 던져 보자. 그래 봐야 홈런밖에 더 맞겠어?'

건호가 안상원의 미트를 향해 있는 힘껏 공을 내던졌다. 예전이었다면 맞는 것에 대한 두려움 때문에 자신도 모르게 어깨에 힘이 들어갔겠지만 박건호의 손끝을 빠져나온 공은 일말의 망설임도 없이 곧장 안승혁의 몸 쪽을 파고들었다.

'왔다!'

안승혁도 기다렸다는 듯 방망이를 내돌렸다. 그동안 스트라이크존을 넓게도 찔러대던 박건호가 처음으로 실투성 공을 내던졌으니 놓칠 생각이 없었다.

후아앙!

간결한 테이크백 동작에 이어 방망이가 군더더기 없이 허리를 빠져 나왔다.

안승혁은 본래 공을 쫓아다니지 않고 자신만의 타격 존을 중심으로 타격하는 편이었다.

그리고 처음으로 그 타격 존 안으로 박건호의 공이 들어왔다. 덕분에 매번 쫓아가기 바빴던 박건호의 공을 따라잡는 데 성공했다.

하지만 거기까지였다. 마지막 순간, 다 잡았다고 생각한 공이 시야 너머로 사라지면서 안승혁의 자신만만했던 방망이는 시원하게 바람을 가르고 말았다.

"뭐, 뭐야?"

안승혁이 반사적으로 고개를 돌렸다. 그러자 안상원이 퉁명스럽게 받았다.

"왜? 이번엔 스윙이 아니야?"

"그게 아니라……."

"네가 보는 그대로야. 이게 건호 공이라고. 그러니까 정신 바짝 차려. 명색이 4번 타자인데 세 타석 연속으로 삼진당할 수는 없잖아. 안 그래?"

안상원이 안승혁의 엉덩이를 툭 하고 때렸다. 이 정도 했으면 안승혁도 충분히 알아들었을 것이라고 여겼다.

그러나 박건호의 포심 패스트볼은 한 번 본 것만으로 따라

잡을 만큼 만만치가 않았다.

퍼어엉!

박건호가 내던진 공이 또다시 몸 쪽 꽉 차게 들어왔지만 안
승혁은 이번에도 헛스윙을 하고 말았다. 과정은 2구째와 같았
다. 다 잡았다 싶었던 공이 마지막 순간에 시야 너머로 사라
져 버렸다.

"투 아웃이다."

안상원은 살짝 걱정이 됐다. 안승혁 덕분에 박건호가 좋은
투수라는 게 입증이 됐지만 이대로 가다간 조태식 이사장의
차를 두 번이나 맞힌 괴력의 안승혁이라는 이미지가 사라져
버릴 것만 같았다.

"후우……."

안승혁도 타석에서 벗어나 한참 동안 숨을 골랐다. 체력적
인 부담보다는 정신적인 부담이 더 컸다. 이제 마지막 타석이
다 보니 머릿속이 복잡해질 수밖에 없었다.

반면 마운드에 선 건호는 여유만만이었다.

'내가 승혁이한테 연속해서 삼진을 잡아내다니. 이거 설마
꿈은 아니겠지?'

건호가 슬쩍 팔꿈치 아래를 꼬집어 봤다. 그러다 움찔하고
몸을 떨었다.

아팠다. 엄청 아팠다. 왜 꼬집었나 싶을 정도로 아팠다.

그런데 그만큼 기분이 좋았다.

"꿈이 아니야. 실제 상황이라고."

건호는 입 밖으로 삐져나오려는 웃음을 억지로 밀어 넣었다. 상대 전적이 처참할 정도인데 고작 삼진 두 개 잡은 거 가지고 실실거리는 건 자존심이 허락하지 않았다.

그사이 안승혁이 마음의 준비를 마치고 타석에 들어섰다.

"승혁아. 무섭다, 인마."

건호는 날카로워진 안승혁의 시선을 피해 안상원의 가랑이 쪽으로 눈을 돌렸다. 무슨 생각인지는 모르겠지만 안상원은 이번에도 몸 쪽 꽉 찬 공을 요구해 왔다.

'뭐야? 하나 얻어맞아라 이거야?'

건호가 살짝 미간을 찌푸렸다. 앞선 타석에서 몸 쪽 승부가 통했던 건 그 전에 공들을 높게, 멀리 던졌기 때문이다. 스트라이크와 볼을 섞어가며 정교한 안승혁의 선구안을 흔들었으니 천하의 안승혁도 당할 수밖에 없었다.

하지만 한두 번 통했다고 계속해서 같은 코스로 공을 던지는 건 위험한 짓이었다.

"싫어."

건호가 단호하게 고개를 저었다. 그러자 안상원이 타임을 외치고는 건호에게 다가왔다.

건호는 일부러 스파이크로 마운드의 흙을 골랐다. 안상원이 무슨 사탕발림을 해대더라도 넘어가지 않을 생각이었다.

그러나 안상원은 단순히 안승혁을 위해 몸 쪽 공 사인을 낸 게 아니었다.

"건호야, 너 몸 쪽 공 좋아."

"나도 알아."

"그러니까 던져. 승혁이가 아직까지도 감을 못 잡더라."

"그래서? 승혁이한테 하나 맞아 달라고?"

"뭔 소리야? 굳이 어렵게 던지지 않더라도 승혁이 잡아낼 수 있다고. 그러니까 밀어붙여. 너 에이스잖아."

"……!"

어쩌면 철저하게 준비된 사탕발림일지도 몰랐다. 홈 플레이트를 두고 안씨 형제들끼리 모종의 음모를 주고받았을지도 모를 일이었다.

하지만 건호는 그 한마디에 마음이 풀려 버렸다.

'그랬던 거였나?'

포수석으로 돌아가는 안상원을 바라보며 건호가 쓴웃음을 지었다. 생각해 보니 안승혁을 삼진으로 잡아낼 때에도 짜릿함보다는 안도감이 먼저 들었던 것 같았다.

고상민마저 건쇼라고 대놓고 인정하고 있지만 건호는 아직까지 자신의 공에 대해 100퍼센트 확신을 갖지 못하고 있었다.

오늘따라 운 좋게 공이 손에 착착 감겨준 덕분에 구속이나 구위가 살아난 것이라고 여겼다. 이게 자신의 진짜 실력은 아닐지도 모른다고 생각했다.

그러나 안상원은 안승혁과 정면 승부를 펼쳐도 이길 만큼 좋은 공을 던지고 있다고 말해주었다. 그리고 그 공을 앞으로도 계속 던질 수 있을 것이라고 믿어주었다.

설사 그 말이 100퍼센트 진심은 아니었다 하더라도 상관없다. 포수가 저만큼 자신을 믿고 인정해 주고 있는데 여기서 도망치는 건 에이스도 아니다.

'좋아, 안승혁. 어디 맘껏 휘둘러 봐라. 절대 안 맞는다.'

건호가 단단히 공을 움켜쥐었다. 그의 매서워진 시선이 타석에 선 안승혁에게 향했다.

까득.

안승혁도 지지 않겠다며 방망이를 힘껏 비틀었다. 벌써부터 손아귀가 뻐근해져 왔지만 기 싸움에서 박건호에게 밀릴 생각은 눈곱만큼도 없었다.

그렇게 잠시 서로를 노려보던 박건호와 안승혁의 몸이 거의 동시에 움직였다.

촤라라랏!

있는 힘껏 투수판을 박차고 나간 박건호.

타앗!

오른 다리로 지면을 단단히 받치며 테이크백에 들어간 안승혁.

후아앗!

후우웅!

바람 소리를 내며 날아든 공과 허리를 빠져나온 방망이가 홈 플레이트 코앞에서 만났다. 하지만.

퍼엉!

이번에도 방망이 소리 대신 묵직한 포구 소리를 남기고 엇갈리고 말았다.

"후우……."

건호는 뜨겁게 달궈진 숨을 내쉬었다. 그러면서 당당히 안승혁을 바라봤다.

안승혁은 아직까지 초구의 여운에서 빠져나오지 못하고 있었다. 생각이 많은 듯 박건호의 시선을 의식하지 못했다.

박건호는 2구째도 몸 쪽으로 꽉 찬 공을 던졌다. 초구보다 살짝 높게 제구가 되긴 했지만 이번에도 안승혁의 방망이는 헛돌았다.

투 아웃.

투 스트라이크, 노 볼.

조태식 이사장을 비롯해 모두의 이목이 집중된 가운데 박건호가 3구를 내던졌다.

후아앗!

공이 날아간 방향은 안승혁의 몸 쪽이었다. 마지막 공이라는 생각에 힘이 들어갔는지 공이 스트라이크존을 살짝 벗어나 있었다.

하지만 안승혁은 망설이지 않고 방망이를 휘돌렸다. 그리고 기어코 방망이 끝 부분에 맞혀내는 데 성공했다.

공과 방망이가 거의 스치듯 지나쳐 희미한 소리밖에 남지 않았지만 안승혁의 입가에 비로소 웃음이 번졌다. 파울 팁으로 공을 받은 안상원도 고개를 주억거렸다. 그러고는 투구를 끝내려는 박건호에게 힘껏 공을 던져 주었다.

건호는 씩 웃으며 공을 받았다. 하지만 그것도 잠시. 공의 표면에 남은 흔적을 발견하고는 눈을 부릅떴다.

'저 자식, 결국 쳤잖아?'

미세했지만 공에는 분명 방망이에 긁힌 흔적이 남아 있었다.

건호의 시선이 다시 홈 플레이트 쪽으로 향했다. 그러자 안승혁이 아직 경기는 끝나지 않았다는 듯이 타석에 들어섰다.

그러면서 안승혁이 검지를 하나 내밀었다.

한 번만 더.

그건 안승혁을 불러다가 몰래 연습할 때마다 건호가 해오던 수신호였다.

3학년 선배들이 졸업하기 전까지 건호의 역할은 중간 계투였다. 특히나 좌타자가 타석에 들어섰을 때 투입되는 경우가 많았다.

하지만 정작 건호는 좌타자가 껄끄러웠다. 무서운 건 아니지만 좀처럼 공을 몸 쪽으로 붙여 넣지 못했다.

그래서 건호는 틈만 나면 안승혁을 불렀다. 이른 아침. 혹은 밤늦은 시간. 특별한 일이 없으면 언제든 나와 주는 안승혁과 단둘이 연습을 했다.

그때마다 안승혁은 말했다.

"10개, 딱 10개야."

하지만 연습은 단 한 번도 10개로 끝난 적이 없었다.

"하나만, 딱 하나만 더."

안승혁은 다음 날 훈련에 지장이 생기지 않는 선에서 건호의 요구를 군말 없이 들어주었다. 덕분에 좌타자를 상대로 어느 정도 자신감을 얻을 수 있었다.

그런데 그런 안승혁이 검지를 들어 보이고 있었다. 처음으로 자신의 공을 한 번 더 쳐 보고 싶다고 말하고 있었다.

"그래, 나도 이대로 끝내는 건 찝찝해."

건호가 몸을 돌려 마운드 위로 올라갔다. 그러자 안상원도 피식 웃고는 포수석에 주저앉았다.

"끝난 거 아니었나요?"

경기가 끝난 줄 알고 반쯤 엉덩이를 들어 올렸던 조태식 이사장이 조기하 감독을 바라봤다.

"저도 그런 줄 알았는데 본게임은 이제부터인가 봅니다."

조기하 감독의 시선이 마운드를 향했다. 그 순간.

후아앗!

새하얀 공이 홈 플레이트를 향해 날아들었다.

코스는 이번에도 몸 쪽. 구종은 포심 패스트볼.

안승혁이 기다렸다는 듯이 방망이를 휘둘렀다. 하지만.

따악!

방망이 손잡이 쪽에 맞은 타구는 백네트 뒤로 꺾여 나갔다.

'이제 조금씩 타이밍이 맞아가는데 어떻게 할 거냐?'

조기하 감독이 다시 박건호를 바라봤다. 여기서 박건호가 어떤 선택을 할지 무척이나 궁금해졌다.

스코어 0 대 0.

큰 것 한 방이면 경기가 끝나는 상황에서 투수는 상대 팀 4번 타자와 맞닥뜨렸다.

앞선 세 타석을 전부 삼진으로 잡아냈는데 네 번째 타석, 초구를 던지기가 무섭게 상대 4번 타자가 반응했다. 파울이긴 하지만 계속 밀리기만 하던 포심 패스트볼에 타이밍을 맞춘 것이다.

투수가 이번 타석에서 상대 4번 타자를 어떻게든 잡아내겠다고 마음을 먹었다면 남은 선택지는 두 가지다.

하나는 타자의 타이밍을 빼앗는 변화구를 섞어 던지는 것.

다른 하나는 더 빠르고 힘 있는 공을 던지는 것.

후아앗!

박건호는 힘차게 포심 패스트볼을 안승혁의 몸 쪽에 찔러 넣으며 궁금증에 답해주었다.

따악!

또다시 파울 타구가 나왔지만 조기하 감독은 만족스런 얼굴로 고개를 끄덕였다. 적어도 에이스라면, 에이스를 꿈꾸는 선수라면 맞는 것에 대한 두려움이 없어야 한다.

물론 그 어떤 투수도 공을 맞을 수밖에 없다. 타격 기술이 나날이 발전하고 있는 프로 야구에서는 에이스급 투수가 5회를 버티지 못하고 강판당하는 경우도 많다.

하지만 그렇다고 해서 자신의 공을 던지는 걸 주저해서는 안 된다. 한 번 겁을 먹으면 다음에도 겁을 먹는다. 겁을 먹는 게 반복되면 익숙해지고, 익숙해지다 보면 어느새 승부를 보려는 의욕조차 생기지 않게 된다.

그런 점에서 조기하 감독은 박건호가 마음에 들었다. 그 속내가 웃음이 되어 입가에 번졌다.

"박건호 선수도 확실히 좋은 선수 같네요."

조태식 이사장도 씩 웃었다. 처음에는 안승혁이 일부러 박건호에게 져 준 것은 아닐까란 의심도 들었지만 이를 악물고 파울 타구를 만들어내는 안승혁을 보니 비로소 박건호의 실력이 이해가 됐다.

"야구부 없앨 거면 미리 말씀해 주십시오. 저 두 녀석은 제가 데려가겠습니다."

조기하 감독이 짓궂게 말했다. 야구부의 존폐 결정권은 조태식 이사장에게 있지만 안승혁과 박건호만큼은 어떻게든 제대로 된 야구 선수로 키워보고 싶은 욕심이 들었다.

그러자 조태식 이사장이 기다렸다는 듯이 말을 받았다.

"여기서 키우세요."

"……네?"

"여기서 키우시라고요."

"그러니까…… 저더러 세명 고등학교 감독을 맡으라는 말씀이십니까?"

"욕심나잖아요, 저 두 선수."

"하지만 전……."

"세명 대학교 야구부 감독도 겸임하세요. 그렇게 해주시면 지난번에 요청하셨던 그 코칭스태프 구성안, 승낙하겠습니다."

"……!"

조기하 감독이 눈을 번쩍 떴다. 지난번 술자리에서 그저 농담 삼아 했던 말인데 조태식 이사장이 그걸 기억하고 있을 줄은 생각하지 못한 것이다.

"진심……이십니까?"

"제가 언제 거짓말하는 거 보셨어요?"

"그게 아니라…… 돈이 상당히 많이 들 텐데요."

조기하 감독은 굳이 한국의 스타일과 맞지 않는다는 말은 하지 않았다. 한국의 스타일이 절대적으로 옳은 게 아닌데 굳이 다른 야구인들 눈치 보며 한국 스타일을 따를 생각은 없었다.

다만 조태식 이사장의 정확한 속내를 알고 싶었다. 그저 세명 고등학교 야구부까지 떠맡기기 위한 사탕발림인 것인지, 아니면 진심으로 자신의 야구 철학을 인정한 것인지를 말이다.

그러나 다른 사람도 아니고 조태식 이사장에게 돈 걱정은 무의미했다.

"제가 빌 게이츠처럼 엄청난 부자는 아니지만 그 정도 지원해 줄 여력은 충분합니다. 게다가 아버지께서 워낙 야구광이 시니까요. 그런 걱정은 하실 필요 없습니다."

조태식 이사장이 빙긋 웃어 보였다. 안 한다면 몰라도 한다면 제대로 지원해 주는 게 조태식 이사장의 스타일이었다.

전국 대회 8강이 전부인 세명 고등학교 야구부가 이런 최신식 야구 환경을 구축할 수 있었던 것도 조태식 이사장이 화끈하게 밀어주었기 때문이다.

"조 감독님, 세명에서 하시고 싶은 야구를 맘껏 해보세요. 성적에 구애받지 마시고요."

"이사장님……."

"계약서에 적힌 임기는 무조건 보장해 드릴 겁니다. 그러니까 누가 뭐라 하더라도 흔들리지 마세요. 아셨죠?"

조기하 감독은 대답 대신 활짝 웃어 보였다. 처음에 10년 계약을 제안했을 때 무슨 꿍꿍이인가 싶었는데 지금은 태어나서 가장 잘한 결정 같다는 생각이 들었다.

그때였다.

퍼엉!

묵직한 포구음이 경기장에 울려 퍼졌다.

"크아아!"

7구 만에 안승혁의 스윙을 이겨낸 박건호가 두 팔을 들어올리며 포효했다. 그러자 다른 선수들이 우르르 박건호에게 달려갔다.

"가시죠, 조 감독님."

조태식 이사장도 자리에서 일어났다. 그러자 김인범 교감도 따라오려고 굴었다.

하지만 조태식 이사장이 생각하는 야구부 재건에 김인범 교감은 포함되어 있지 않았다.

"교감 선생님은 먼저 들어가세요. 조만간 다시 시간을 내겠습니다."

조태식 이사장이 웃는 얼굴로 고개를 숙였다. 그러고는 더볼일 없는 사람처럼 냉정하게 등을 돌려 버렸다.

4장

준비

1

"반갑다. 조기하라고 한다."

조기하 감독은 곧바로 선수들에게 자신을 소개했다. 본래 계약서에 도장부터 찍고 선수들에게 미리 통보한 다음에 날을 따로 잡아 취임식을 치르는 게 순서였지만 조기하 감독은 모든 걸 생략해 버렸다.

"그동안 여러모로 마음고생이 심했을 거라 생각합니다. 이 사장으로서 여러분에게 제대로 신경 쓰지 못한 점, 진심으로 사과합니다. 그리고 말뿐인 사과로 끝내지 않기 위해 제가 할 수 있는 모든 걸 지원할 생각입니다. 그러니 여러분도 지금까지 해왔던 것처럼 최선을 다해주세요."

조태식 이사장도 한마디 거들었다. 굳이 야구부를 폐부시키지 않겠다는 말은 하지 않았다. 야구부 폐부는 학교 차원에서 논의됐던 것이지 조태식 이사장이 직접 지시한 사안이 아니었다.

하지만 세명 고등학교로부터 야구부가 폐부할 예정이니 선수들을 받아 달라는 전화를 받았던 주변 학교들은 당혹감을 감추지 못했다.

"뭐야? 이사장 재가가 난 사안이라며? 그런데 이제 와서 이러는 게 말이 돼?"

"젠장! 내가 그 영감탱이 만나서 쓴 돈이 얼마인데! 이대로 그냥 넘어갈 것 같아?"

세명 고등학교 야구부의 폐부만을 기다렸던 주변 학교들은 대놓고 불만을 쏟아냈다. 특히나 동일 고등학교는 사기라도 당한 양 펄쩍 뛰었다.

"이대로 가만있으면 안 됩니다. 만에 하나 우리가 입부 희망서를 받은 걸 알면 골치 아파질 겁니다."

"미리 선수를 치시죠. 얘기 들어보니 조기하 그 인간이 온 모양인데 협회 쪽도 벼르고 있을 겁니다."

동일 고등학교 한민승 감독은 인맥을 총동원해 협회를 움직였다. 그리고 마치 세명 고등학교에서 제 잇속만 챙기려고 야구부 존폐 논란을 일으켰다고 주장했다.

그 과정에서 거액을 횡령한 최병철 전임 감독은 물론이고 관리 감독의 책임이 있는 김인범 교감의 부정까지 함께 드러났다.

때마침 경찰에 붙잡힌 최병철 감독도 김인범 교감을 물고 늘어지면서 전임 감독의 비위로 시작됐던 문제가 학교 자체의 비리로까지 번져 버렸다.

조태식 이사장이 나서서 사태를 수습하려 했지만 협회 측의 입장은 단호했다.

"이런 식으로 야구부를 운영한다는 건 있을 수 없는 일입니다. 그리고 이런 문제를 아무렇지도 않게 넘어간다는 것 또한 있을 수 없을 겁니다."

협회는 이사회를 열고 야구부 운영 부실과 비위의 책임을 물어 세명 고등학교 야구부의 주말 리그 및 봉황기 참가를 불허했다.

조기하 감독이 지나친 처사라며 항의했지만 협회는 눈 하나 까딱하지 않았다.

"죄송합니다, 이사장님. 이게 다 저 때문인 것 같습니다."

조기하 감독은 고개를 들지 못했다. 5년 전 협회를 들이받고 나갔을 때 남았던 앙금이 세명 고등학교의 처벌로 이어진 것 같아 속이 상했다.

하지만 정작 조태식 이사장은 조기하 감독을 볼 면목이 없었다.

"아닙니다. 이게 왜 조 감독 잘못입니까? 학교 운영에 제대로 신경 쓰지 못한 제 잘못이 큽니다."

조태식 이사장과 조기하 감독은 협회의 조치를 수용하기로 마음을 정했다.

최병철 전임 감독은 물론이고 김인범 교감까지 연루된 사안이었다. 그들이 세명 고등학교에 적을 뒀을 때 벌인 일이라 이제 와 나 몰라라 할 수 없었다.

"대회 참가가 어려워졌는데 괜찮을까요?"

"어차피 새로운 시스템에 적응할 시간이 필요했습니다. 그래서 봉황기는 불참하려고 생각 중이었습니다."

4월 초에 열리는 봉황기는 협회에 소속된 모든 고등학교가 참여할 수 있는 전국 대회였다.

세명 고등학교도 당연히 출전이 가능했지만 조기하 감독은 전국 대회에서 성적을 내는 것보다 선수들을 육성하는 데 초점을 맞춘 상태였다.

"그럼 나머지 전국 대회는 참여가 가능한 겁니까?"

"주말 리그 참가가 불가능한 터라 주말 리그의 결선 형식으로 운영되는 황금사자기도 어려울 것 같습니다."

"선수들의 실망이 크겠는데요."

"다행히도 세명 고등학교가 주말 리그를 통해 황금사자기에 나간 적이 없어서요."

"……웃으라고 하신 말씀인 거죠?"

"그냥 그렇다는 이야기입니다."

협회의 징계 방침으로 세명 고등학교가 참가하지 못하는 대회는 총 3개.

주말 리그와 봉황기, 그리고 황금사자기였다. 나머지 대통령배와 협회장기, 청룡기는 출전이 가능했다.

하지만 7월에 열리는 대통령배는 예선을 치러야 했다. 하반기 주말 리그의 본선으로 치러지던 청룡기도 주말 리그 단축으로 인해 경기 일정과 방식이 확정되지 않은 상태였다.

결과적으로 세명 고등학교의 출전이 확정된 건 협회 소속 고교 팀이 전부 참여하는 협회장기뿐이었다.

만약 이 대회에서 가시적인 성과를 거두지 못한다면 세명 고등학교 선수들의 미래가 암울해질 수밖에 없었다.

조기하 감독은 일단 대통령배를 1차 목표로 삼았다. 전반기를 통째로 날리는 터라 경기 경험 면에서 제 실력을 발휘하기 어렵겠지만 어떻게든 예선을 통과해 본선에 진출해 볼 생각이었다.

"필요한 게 있으면 언제든 이야기하세요."

조태식 이사장이 다시 한번 적극적인 지원을 약속했다. 덕분에 조기하 감독이 한미일 3국을 오가며 꾸려두었던 조기하 사단도 발 빠르게 세명 고등학교로 모여들 수 있었다.

"와우! 와우! 원더풀! 뷰티풀!"

안승혁의 타격을 지켜보던 스티브 코치는 감탄을 금치 못했다.

가볍게 툭툭 때리는데 타구가 라이너성으로 쭉쭉 뻗어 나갔다. 제대로 걸린 타구는 가뿐하게 담장을 넘겨버렸다. 심지어 먹힌 타구조차 예사롭지가 않게 느껴졌다.

"스티브가 보기에는 어때?"

"말이 필요 없어요. 날 해고해 줘요. 당장 승혁과 함께 메이저 리그에 가겠습니다!"

"하하, 흥분하지 말고. 고작 마이너 리그에서 고생시킬 생각이면 일찌감치 포기하라고."

"노노. 절대, 네버 그럴 일 없어요. 물론 마이너 리그 적응기가 필요하겠지만 승혁은 5년, 아니, 3년 안에 메이저리거가 됩니다. 내가 장담해요!"

"좋아. 그럼 앞으로 1년 안에 더 좋은 선수를 만들어 보라고. 그럼 내가 계약 해지해 줄 테니까."

"정말이죠? 오케이, 나만 믿어요."

스티브 코치는 안승혁의 옆에 찰싹 달라붙어서 1 대 1 지도를 시작했다.

안승혁이 자신만의 타격 스타일을 가지고 있기 때문에 특별히 뭔가를 바꾸려 하지는 않았다. 다만 안승혁을 끊임없이 독려하며 보다 높은 레벨로 끌어올리려 애썼다.

타격 코치 겸 전력 분석관으로 영입한 스티브 코치 이외에도 세 명의 코치가 야수들을 나눠 교육을 시작했다.

전직 프로 선수 출신인 이승범과 최인석이 타격 스타일별로 분류해 선수들을 지도했고 일본에서 온 마토 준이 별도로 수비와 주루 훈련을 책임졌다.

투수들을 위해서도 세 명의 코치가 배정됐다.

미국 대학교에서 7명의 메이저리거를 키워낸 에반 크리스.

일본 프로 야구 팀의 인스트럭터로 초청될 만큼 투수 전문가로 불리는 하리모토 소베.

그리고 열정 넘치는 젊은 투수 코치 한창식까지.

모르는 이들이 봤다면 프로 야구 팀이라는 착각을 할 정도였다.

하지만 실제로 선수들을 지도하는 건 한창식뿐이었다. 하리모토 소베와 에반 크리스는 조기하 감독과 함께 포수석 뒤쪽에서 심각한 표정을 짓고 있었다.

"건호 선배! 다시 패스트볼이요!"

조기하 감독의 주문을 받은 1학년 포수 김일동이 크게 소리쳤다.

후앗!

마운드에 선 박건호가 가볍게 공을 내던졌다.

퍼엉!

제법 묵직한 포구 소리가 뒤쪽으로 울려 퍼졌다.

"시원시원하네."

크리스 코치의 표정이 밝아졌다. 전력을 다해 던진 게 아닌데도 높은 릴리스 포인트에서 찍어 누르는 듯한 패스트볼은 위력적이었다. 이 정도 공이면 당장 프로에 가도 써먹을 수 있을 것 같았다.

"패스트볼은 건호의 확실한 무기니까."

하리모토 코치도 고개를 주억거렸다. 당초 세명 대학교 지도 이외의 일은 맡지 않겠다던 그가 생각을 바꿔먹은 게 바로 이 패스트볼 때문이었다.

하지만 박건호가 다시 슬라이더를 던지자 둘의 표정이 완전히 달라졌다.

"하리모토, 건호가 지금 뭘 던진 거지?"

"그립상으로는 슬라이더 같은데. 슬라이더 아니었어?"

"저게 슬라이더라고? 세상에 저렇게 괴상망측한 슬라이더가 어디 있어?"

엉망인 건 커브도 마찬가지였다. 그나마 패스트볼 타이밍

에 던지는 체인지업은 봐줄 만했지만 말 그대로 봐줄 만한 정
도였다.

"이건 실전에서는 못 써."

"동의. 패스트볼에 비해 무브먼트도 형편없고 무엇보다 구
속이 너무 떨어져."

"대체 뭐가 문제지? 패스트볼은 좋은데 브레이킹 볼만 던
지면 전혀 다른 투수가 돼."

"아무래도 극단적인 오버핸드부터 좀 고쳐야 할 거 같아."

박건호의 연습 투구가 이어지는 내내 크리스 코치와 하리
모토 코치는 의견을 주고받았다. 그리고 그 결과를 자신들만
큼이나 심각한 표정을 짓고 있던 조기하 감독에게 전했다.

"그러니까 박건호의 투구 폼을 조정할 필요가 있단 말
이지?"

"지금의 투구 폼은 패스트볼의 위력을 극단적으로 끌어올
리기 위한 투구 폼에 불과해요. 저 상태로 제대로 된 변화구
를 던지려면 족히 10년은 걸릴 겁니다."

"지금은 아니더라도 어깨에 무리가 갈 가능성이 높습니다.
실제 건호와 비슷한 투구 폼을 유지하다가 어깨가 망가진 투
수의 사례도 많고요."

"흠……."

조기하 감독은 박건호를 불러 코치들의 의견을 전했다. 다

른 고등학교 감독 같았다면 군말 없이 투구 폼을 바꾸라고 지시했겠지만 조기하 감독은 일단 박건호의 의견부터 물었다.

"바꿀게요."

건호는 군말 없이 고개를 끄덕였다. 그 역시도 자신의 투구 폼이 지나치게 딱딱하다는 걸 잘 알고 있었다. 패스트볼의 구속을 끌어올리는 데 집착하다 보니 투구 폼이 극단적으로 변했다. 그 과정에서 중학교 때 곧잘 던진다는 소리를 듣던 변화구가 엉망이 되어버렸다.

10년 치 꿈에서도 건호는 딱딱한 투구 폼 때문에 몇 번이고 부상을 겪어야 했다.

중간중간에 투구 폼도 여러 번 교정했다. 고생 끝에 겨우 새로운 투구 폼에 익숙해지고 제대로 된 공을 던질 수 있게 됐을 때는 방출 통보를 받았다. 비록 꿈이긴 하지만 건호는 그런 전철을 되풀이하고 싶지 않았다.

"투구 폼을 바꾸면 적응하는 데 시간이 걸릴 거다. 패스트볼 구속이 떨어질 수도 있어. 그래도 할 테냐?"

조기하 감독이 다시 물었다. 장기적인 관점에서 봤을 때 프로에 진출하기 전에 투구 폼을 바꾸는 게 나아 보였다.

하지만 당장 프로가 코앞인 예비 3학년 선수에게 무조건 투구 폼 교정을 강요할 수는 없는 노릇이었다.

하지만 건호의 대답은 달라지지 않았다.

"고치겠습니다. 대신 커쇼처럼 잘 던지게 해주세요."

커쇼라는 말에 크리스 코치의 입에서 헛웃음이 터졌다. 하리모토 코치도 미간을 찌푸렸다. 커쇼를 동경하는 건 좋지만 커쇼만큼 잘 던지는 건 결코 쉬운 일이 아니다.

"의욕은 좋아. 안 그래?"

조기하 감독이 건호의 의지를 칭찬했다. 가능성을 떠나 투구 폼을 고칠 각오를 했다면 적어도 그 정도 패기쯤은 가지고 있는 편이 나았다.

그러나 세 사람은 알지 못했다. 본래 건호가 하고 싶었던 말은 커쇼처럼이 아니라 커쇼보다였다는 사실을.

'두 코치 모두 투수 전문가라니까 한번 믿고 따라보자. 적어도 프로에서 빌빌대다 퓨처스에서 방출되는 막장 인생보단 낫겠지.'

건호는 일주일 정도 더 생각해 보라는 조기하 감독의 제안을 거절하고 다음 날부터 투구 폼 교정에 들어갔다.

오버핸드였던 투구 폼은 스리쿼터 형식으로 바뀌었다.

186㎝(새로 측정한 결과 2㎝가 더 컸음)의 키에 팔 길이까지 감안했을 때 오버핸드는 릴리스 포인트가 지나치게 높았다.

물론 릴리스 포인트가 높으면 패스트볼을 힘껏 찍어 누르는 효과를 얻을 수 있었다. 타석에서 봤을 때 공이 위에서 아래로 내리찍힐 테니 타자들도 구속 이상의 위압감을 느낄 터였다.

하지만 기존의 투구 방식은 어깨에 무리가 따랐다. 팔이 자연스럽게 빠져나오는 게 아니라 억지로 넘기는 듯한 느낌이다 보니 부상의 위험성이 상당했다.

이런 점들을 보완해 크리스 코치와 하리모토 코치는 스리쿼터라는 대전제에 합의했다. 슬레이튼 커쇼를 동경해 왔던 건호도 흔쾌히 고개를 끄덕거렸다.

구속 저하에 대한 불안감이 아예 없는 건 아니지만 하루아침에 포심 패스트볼 구속이 150㎞/h대에 진입하면서 마음을 다잡을 수 있었다.

두 코치도 스리쿼터로 바꾼다고 해서 구속이 무조건 떨어지는 건 아니라고 했다. 경우에 따라 구속이 더 향상될 수도 있으며 억지로 팔을 넘겨왔던 건호라면 그럴 가능성이 충분하다고 입을 모았다.

여기까진 아무 문제없었다. 하지만 누구에게 지도를 받느냐를 두고 크리스 코치와 하리모토 코치가 신경전을 벌였다.

"내가 하지. 건호는 나와 잘 맞아."

"무슨 소리. 건호는 동양인이야. 넌 동양인 투수를 가르쳐본 적이 없잖아."

"건호가 동양인이라고? 하하, 그거 농담이지? 저 체격을봐. 건호가 어딜 봐서 동양인이라는 거야?"

"체격이 좋다고 동양인이 서양인이 되는 건 아니지. 네 스타일대로 건호를 뜯어고치려 했다간 분명 탈이 나고 말 거야."

크리스 코치와 하리모토 코치는 서로 건호의 전담 코치가 되겠다고 말했다. 건호가 두 코치 모두에게 지도를 받고 싶다고 말했지만 받아들여지지 않았다.

"어쩔 수 없다. 건호, 네가 골라라."

조기하 감독도 둘 중 한 명에게 지도를 받는 편이 더 나을 것이라고 판단했다. 그리고 그 공을 건호에게 넘겼다.

"건호! 날 믿어. 친구들이 널 건쇼라 부른다지? 내가 널 진짜 건쇼로 만들어줄게!"

크리스 코치는 슬레이튼 커쇼를 언급하며 건호를 자극했다.

"동양인과 서양인은 근본적으로 달라. 그 차이를 무시하고 무작정 메이저 리그 방식을 따라봐야 좋을 게 없어."

하리모토 코치는 현실적으로 건호를 설득했다. 뱁새가 황새를 쫓아 가면 가랑이가 찢어진다며 체계적이고 점진적으로 투구 폼을 바꿔 나가자고 말했다.

"후우……."

건호는 고민에 빠졌다.

크리스 코치는 마이너 리그에서 유망주들을 키워온 경험이 있었다. 슈퍼스타를 키워내지는 못했지만 그의 손길을 거친 이들 중 일부는 메이저 리그에서 활약하기도 했다.

반면 하리모토 코치는 일본 내 다수의 프로 구단에서 인스트럭터로 활동한 경력이 있었다.

재일 교포라는 꼬리표 때문에 정식으로 프로 구단의 코치에 선임되지는 못했지만 하리모토 코치의 투수 육성법은 일본 프로 야구에서도 인정을 받는 상황이었다.

조기하 감독은 둘 중 누구에게 지도를 받더라도 좋은 결과가 있을 거라고 조언했다. 둘 다 자신이 어렵게 데려온 코칭 스태프인 만큼 철저히 중립을 지키려고 했다.

덕분에 건호만 입장이 난처해졌다. 누구를 골라도 다른 한 명에게는 미운 털이 단단히 박힐 것 같았다.

하지만 고상민은 걱정할 게 하나 없다고 말했다.

"간단하네. 감독님한테 가르쳐 달라 그래."

"그게 무슨 말이야?"

"멍청아, 상식적으로 생각해 봐. 저렇게 대단한 양반들이 아무 이유도 없이 감독님 밑에서 일하겠다고 왔겠냐?"

"……!"

"설사 감독님이 잘 모른다고 쳐. 그럼 너한테 난 잘 모르겠다고 하시겠냐? 두 코치를 닦달해서라도 알려주려고 하시겠지. 안 그래?"

고상민은 조기하 감독이 대학 시절 국가대표까지 지낸 투수였다고 말했다. 4학년 때 어깨 부상을 당하면서 일찍 은퇴하지 않았다면 프로 야구에서도 제법 이름을 떨쳤을 것이라고 덧붙였다.

"그걸 왜 이제 말해주냐?"

"이게 알려줘도 성질이네. 암튼 감독님 졸라봐. 그럼 답이 나올 거야."

건호는 고상민의 조언대로 조기하 감독을 찾아갔다. 그리고 조기하 감독에게 지도를 받고 싶다고 말했다.

"다른 코치들도 있는데 왜 하필 나냐?"

"감독님이 잘 가르쳐 주실 거 같아서요."

"난 실패한 야구 선수다. 프로에 데뷔조차 못 했어. 그런데도 나한테 배우겠다고?"

"네."

"진심이냐? 후회하지 않을 자신 있고?"

"네."

"좋아. 그럼 한번 해보자. 대신 각오 단단히 해라. 알았지?"

"네, 감독님."

조기하 감독은 크리스 코치와 하리모토 코치를 불러 사정을 전했다. 크리스 코치와 하리모토 코치는 내심 아쉬워했지만 건호의 선택을 존중해 주었다.

"대신 두 사람이 날 좀 도와줘. 건호가 내게 지도 받고 싶다고 했지만 감독으로서 특정 선수를 편애하는 모습을 보일 수는 없으니까."

조기하 감독은 두 코치의 의견을 받아들여 건호의 투구 폼을 스리쿼터 형식으로 바꾸기로 결정했다. 그러면서 두 코치에게 별도의 임무를 주었다.

"크리스가 일단 건호의 투구 폼을 교정해 줘."

"오! 하리모토보다 나를 더 인정해 주는 겁니까?"

"보면 알겠지만 건호의 투구 폼은 좀 투박해. 일단은 건호의 스타일에 맞는 투구 폼을 찾는 게 중요하다고. 그걸 도와달라는 거야."

"내가 하고 싶었던 말이 그겁니다. 감독, 건호의 변신은 내게 맡겨요."

조기하 감독은 건호의 투구 폼 조정을 외형적인 부분과 기능적인 부분으로 나누었다.

그리고 외형적인 부분을 크리스 코치에게 맡겼다. 투수들의 개성을 존중하는 크리스 코치라면 건호에게 어울리는 투구 폼을 찾아줄 것이라 기대했다.

하리모토 코치에게는 기능적인 투구 폼 교정을 부탁했다.

"건호의 체격상 크리스 코치에게 교정을 받는 편이 낫다고 판단했어. 너무 서운해하지는 마."

"아닙니다. 감독의 결정이라면 이해합니다."

"그렇다고 하리모토 코치의 역할이 줄어드는 건 아니야."

"……?"

"건호의 투구 폼이 어느 정도 형태를 갖추면 그다음부터는 하리모토 코치가 신경을 써줘. 알잖아. 메이저 리그 스타일. 아시아적인 사고방식과 100퍼센트 맞아떨어지는 건 아니라고."

"그러니까 저더러 건호의 밸런스와 투구 감각을 조정해 달라는 말씀이신가요?"

"그래, 건호에게 따로 일러둘 테니까 매일매일 어떤 식의 교정이 이루어졌는지 체크하고 방향성을 제시해 줘. 그걸 내가 다시 크리스 코치에게 전할 테니까."

"그 방식, 마음에 드네요."

겉으로 보기에 건호를 전담하는 건 크리스 코치 같았다. 하지만 크리스 코치도 조기하 감독이 정한 범위 내에서 건호를 가르쳤다. 어느 정도 자율성을 보장받긴 했지만 제멋대로 건호를 뜯어고치지 못했다.

조기하 감독은 하리모토 코치와 함께 건호가 새로운 투구 폼에 적응할 수 있도록 도왔다. 교정 도중 건호가 조금이라도 이상을 느끼면 과정을 즉시 되돌렸다. 그리고 그 이상의 원인을 파악하기 전까지 절대 무리해서 교정을 진행하지 않았다.

덕분에 건호의 투구 폼 교정은 겨울이 지나 봄이 되도록 끝나지 않았다. 오죽했으면 선수들 사이에서 건호의 투구 폼이 망가진 게 아니냐는 말들이 나돌 정도였다.

하지만 당사자인 건호의 표정은 밝았다.

"안 아파요."

"정말 안 아파?"

"네, 감독님. 와……! 진짜 신기해요."

투구 폼을 교정하면 교정할수록 건호는 웃음이 났다. 지난 몇 년간 공을 던지며 생긴 버릇들을 하나씩 고쳐 나가는 것만으로도 몸이 이렇게 편해질 줄은 몰랐던 것이다.

게다가 크리스 코치가 바꿔준 투구 폼도 마음에 쏙 들었다.

개성 없는, 좌완 투수의 표본 같은 느낌의 투구 폼을 강요할 줄 알았는데 아니었다.

메이저 리그 최고의 좌완 투수들의 투구 폼을 통해 기본적인 스타일만 잡은 뒤, 그다음부터는 전적으로 건호의 의견을 따라주었다.

"방금 그건 뭐야?"

"아, 발이요? 커쇼가 이렇게 던지기에 한번 따라해 봤어요."

"그게 무의식적으로 이루어진다면 상관없겠지만 의도적인 거라면 이중 동작으로 걸릴 거야."

"노력하다 보면 자연스럽게 되지 않을까요?"

"흠……. 그럴 수도 있겠지만 힘이 제대로 전달되겠어? 내가 보기에는 끊기는 것 같은 느낌인데?"

"음……. 네, 솔직히 말하면 그래요."

"그럼 그건 의미가 없잖아. 안 그래?"

"그럼 디셉션 자체가 의미가 없다는 이야기인가요?"

"그건 아니지. 어느 정도 투구 폼을 완성시킨 다음에 더 높은 단계로 올라서기 위해 노력하는 과정에서 생긴 디셉션이라면 아마 확실히 도움이 될 거야. 하지만 지금부터 그런 걸 생각할 필요는 없어. 네 나이 때는 힘으로 타자를 윽박지를 생각을 해야지. 넌 파이어볼러니까."

크리스 코치는 조기하 감독에게 허락받은 범위 내에서 건호 스스로가 자신만의 투구 폼을 완성시킬 수 있도록 독려했다.

건호에게 특정 투구 폼을 입힐 생각은 애당초 없었다. 100명의 투수가 전부 다른 스타일로 공을 던지는 게 메이저 리그다. 남들을 따라가 봐야 결국 아류만 될 뿐이었다.

그렇게 조기하 감독과 두 코치가 합작해 만든 건호의 투구 폼은 4월 중순쯤에야 완성이 됐다.

기능적인 부분은 아직 보완이 필요했지만 크리스 코치는 물론이고 건호도 바뀐 투구 폼에 무척이나 만족스러워했다.

"이제 나머지는 네 몫이다. 알았지?"

임무를 마친 크리스 코치가 건호의 투구 폼 교정 작업에서 한발 뺐다. 그를 대신해 조기하 감독의 뒤에 머물던 하리모토 코치가 전면으로 나섰다.

하리모토 코치는 건호만의 피칭 프로그램을 짜서 조기하 감독에게 내밀었다.

"이거…… 괜찮은 거야?"

"건호는 좀 과체중입니다. 체격을 탄탄하게 만들 필요가 있어요."

"그래도 당장 이 정도는 소화하기 어려울 거야. 80퍼센트 강도로 진행시켜 봐."

조기하 감독은 하리모토 코치의 박건호 군살 제거 프로젝트를 조건부 승인했다. 그가 보기에도 박건호는 5㎏ 이상 감량할 필요가 있어 보였다.

"힘드냐?"

"네, 허억, 죽을 거 같아요."

"아직 말할 기운이 있는 거 보니까 버틸 만하네. 그럼 더 뛰어. 입에서 단내가 날 때까지."

하리모토 코치는 건호의 옆에 딱 붙어서 한시도 떨어지지 않았다. 밥을 먹을 때도 쉴 때도 고개만 돌리면 하리모토 코치가 있었다. 심지어 화장실을 갈 때도 동행했다.

"왼팔을 보호하겠다는 마인드는 좋아. 하지만 지나친 건 부족

함만 못한 법이야. 너무 의식하려 들면 몸의 밸런스가 무너져."

"아, 넵."

"걸을 때도 아랫배에 힘을 주고 몸의 무게중심을 느끼면서 걸어봐. 일상 모든 게 운동이 되어야 효율적이지. 운동은 운동이고 일상은 일상이라는 사람치고 대성하는 선수 못 봤다."

"알겠습니다."

크리스 코치와 달리 하리모토 코치는 잔소리가 많았다. 건호가 뭐만 하면 자동적으로 잔소리가 흘러나왔다.

하지만 건호는 하리모토 코치의 참견이 싫지 않았다. 지난 7년간 선수 생활을 하면서 이토록 세세하게 잘못을 지적받은 적이 없었기 때문이다.

'이런 코치가 옆에 있었다면 꿈에서도 그따위로 살진 않았을 텐데……'

훈련이 힘들고 버거울 때마다 건호는 예지몽을 떠올렸다. 현실 같은, 아직까지도 머릿속에 남아 있는 그 꿈을 되짚다 보면 절로 마음이 절실해졌다.

'정신 차려, 박건호! 정말로 나이 서른에 퇴물 소리 듣고 쫓겨나고 싶은 거야?'

예지몽은 단순히 꿈이 아니었다. 노력하지 않는다면 현실이 되어 마주하게 될 미래에서 온 경고 같은 것이었다.

덕분에 건호는 하리모토 코치가 계획한 피칭 프로그램을

악착같이 소화해 냈다.

　마지막 순간에 하리모토 코치가 훈련 강도를 100퍼센트로 끌어올렸지만 건호는 이를 악물고 이겨냈다. 그 과정에서 건호의 체중이 무려 8kg이나 빠졌다.

　자연스럽게 몸도 좋아졌다. 체지방이 빠져나간 자리에 근육이 채워지면서 전체적으로 더 짱짱해진 느낌이었다.

　"건호 저 자식, 장난 아닌데?"

　"저러다 야구 때려치우고 미스터 코리아 대회에 나가는 거 아냐?"

　안승혁을 비롯한 다른 선수들도 건호의 변화에 자극을 받았다. 워낙에 인스턴트식품을 좋아하고 체력 훈련은 싫어하던 건호라 다들 안 될 거라 여겼는데 고작 몇 개월 만에 확연히 달라졌으니 욕심이 생긴 것이다.

　"코치님! 저도 프로그램 하나만 짜주세요!"

　"저도요!"

　선수들은 저마다 하리모토 코치를 찾아와 보충 훈련 프로그램을 받아 갔다. 그리고 건호에게 지지 않기 위해 이를 악물고 프로그램을 소화해 냈다.

　그 열기가 어찌나 뜨겁던지 꼭 프로 야구 전지훈련장에 온 것 같은 착각이 들 정도였다.

　하지만 선수들의 분위기와는 달리 세명 고등학교 야구부의 사정은 썩 좋지가 않았다.

"올해 1학년들 수준이 많이 떨어져서 큰일입니다."

신입생들의 체력 훈련을 담당하고 있는 장기석 코치는 하루가 멀다 하고 푸념을 늘어놓았다. 다른 코치들도 마찬가지. 1학년만 보면 자동 반사적으로 고개를 흔들어 댔다.

딱히 강호 축에 들지는 못했지만 세명 고등학교는 주변의 중학 야구 선수들에게 인기가 많은 학교였다.

일단 야구를 할 수 있는 시설 자체가 좋았다. 거기다 남녀 공학이고 교칙이 까다롭지 않았다. 잘 빠진 야구복 디자인은 전혀 촌스럽지 않았다. 장비 지원을 비롯해 학교에서 투자도 많이 해주는 편이었다.

무엇보다 경쟁해야 할 선배들의 실력이 대단치 않다는 게 최대 강점이었다. 조금만 노력하면 좋은 환경에서 주전 소리 들어가며 야구를 할 수 있었다.

그래서 대어는 아니더라도 준척급 선수들이 세명 고등학교 야구부에 종종 관심을 갖곤 했는데 올해 폐부 소동을 겪으며 사정이 달라졌다.

조태식 이사장은 야구부 폐부 소문은 단순히 해프닝에 불과하다며 주변 중학교 야구부에 정중히 협조를 요청했다.

그러나 선수들과 학부형들이 느끼는 분위기는 전혀 달랐다. 역사가 짧다 보니 언제 어떻게 야구부가 없어질지 모른다고 생각한 것이다.

엎친 데 덮친 격으로 협회의 징계까지 떨어졌다. 주말 리그 및 봉황기 참가 불가. 비록 전반기에 모든 징계가 끝나긴 하지만 야구만 해온 선수들에게 세명 고등학교 야구부가 정상적으로 느껴질 리 없었다.

그 결과 세명 고등학교는 중학교 주전급 선수를 단 한 명도 데려오지 못했다.

2차 추가 모집 끝에 받은 12명의 신입생 중 준주전급으로 활약했던 선수는 단 세 명. 나머지 아홉 명은 전부 후보 선수였다.

이들을 데려다가 내후년 주전으로 뛸 만큼 성장시키기란 결코 쉬운 일이 아니었다. 기본기가 부족한 선수들이 태반이라 처음부터 다시 가르쳐야 하는 상황이었다.

게다가 시간도 많지 않았다. 당장 올 가을이 지나면 3학년들의 빈자리가 생긴다. 그 공백을 일단 2학년들로 채운다 해도 일부 자리는 1학년들이 맡아줄 수밖에 없었다.

하지만 조기하 감독은 좌절하지 않았다. 과거 세명 고등학교보다도 못한 팀을 데려다가 대학 리그 우승까지 시킨 그에게 선수가 없다는 소리는 통하지 않았다.

"대통령배 전까지는 아직 여유가 있으니까 인내를 가지고 가르쳐 봅시다. 우리가 노력하는 만큼 선수들도 반드시 따라와 줄 거라고 믿어야 합니다. 우리가 흔들리면 선수들도 흔들립니다."

조기하 감독이 코치들을 다독였다. 그러면서 코치마다 한 명에서 두 명의 신입생을 전담해 해당 선수를 책임지고 지도하도록 지시했다.

다른 고등학교 야구팀에서는 감히 흉내조차 내지 못하는 지도법이었지만 세명 고등학교는 가능했다. 세명 대학교 코칭스태프까지 전부 끌어오면서 코치 인력이 여유로워진 덕분이었다.

"그게 아니지. 여전히 무게중심이 높잖아!"

"몸을 낮춰. 공을 끝까지 지켜보라고. 그런 식으로는 백날 휘둘러 봐야 안 돼."

단체 훈련이 끝나면 코치들은 신입생을 한 명, 한 명을 붙들고 개별 지도에 들어갔다.

처음에는 질색을 하던 신입생들도 코치들의 조언이 뼈가 되고 살이 된다는 걸 알고는 조금씩 적극성을 보였다.

때마침 건호가 불펜 피칭을 시작하면서 신입생들의 기대감도 높아졌다.

"와, 건호 선배님. 장난 아니다."

"올 겨울에 투구 폼을 바꾼 거라던데. 어떻게 저렇게 잘 던지지?"

"구속이 얼마나 나오는 거야? 못해도 150은 될 거 같은데."

"야, 넌 130도 겨우 나오면서 무슨 150 타령이야?"

"지금 나 똥볼 던진다고 무시하는 거냐? 넌 얼마나 잘 치는데?"

"암튼 건호 선배님 대단해. 보통 투구 폼 바꾸면 한 1년 고생한다던데 건호 선배님은 그런 거 전혀 없잖아."

"그게 다 코치님들 덕분이라는데?"

"누가 그래?"

"건호 선배님한테 내가 직접 물어봤거든. 그러니까 코치님들이 짜준 프로그램대로 했더니 다 잘됐다고 하시던데?"

"그럼…… 우리도 열심히만 하면 건호 선배님처럼 될 수 있는 거야?"

"난 승혁 선배님처럼 될 거야. 승혁 선배님은 내 우상이라고."

박건호와 안승혁이 투수조와 야수조의 모범이 되어주면서 기존 선수들의 훈련량이 대폭 늘어났다. 그런 열기가 스스로를 낙오자라 여겼던 신입생들의 마음까지 흔들어 놓았다.

그렇게 4월이 가고 5월이 지났다. 그리고 대통령배 전국 고교 야구 대회 예선전이 시작됐다.

5장
반격

1

　서울 지역 대통령배 고교 야구 대회 예선은 조별 리그로 치러진다. 서울 지역 내 16개 고교가 네 그룹으로 나뉜 뒤 각 그룹별 조별 리그 1, 2위 학교가 대통령배 본선에 진출하는 방식이었다.

　세명 고등학교는 동일 고등학교, 휘명 고등학교, 진일 고등학교와 함께 D조에 편성됐다.

　"이건 악몽이야."

　스티브 코치가 머리를 쥐어뜯었다. 협회의 눈 밖에 났으니 조별 리그 통과가 쉽지 않을 거라고 예상은 했지만 전년도 황금사자기 우승 팀 휘명 고등학교에 강호 동일 고등학교라니. 이건 해도 너무해 보였다.

그렇다고 진일 고등학교가 만만한 것도 아니었다. 스티브 코치가 만든 전력 분석표에 따르면 진일 고등학교의 전력 랭크는 B+ 등급. B− 등급인 세명 고등학교보다 2등급이나 높았다.

"그러니까 진일고는 무조건 잡고, 휘명고나 동일고 둘 중에 하나를 이겨야 한다는 말이네요."

장기석 코치가 고개를 흔들었다. 진일 고등학교까지는 어떻게 해보겠지만 휘명 고등학교나 동일 고등학교는 계산이 서질 않았다.

문제는 그것만이 아니었다.

"경기 일정이 너무 빡빡한데요?"

"이틀 간격에 하루 간격이면…… 건호를 한 번밖에 못 쓰잖아?"

"와……. 이건 완전히 휘명고하고 동일고 몰아주기인데요? 우리하고 진일고만 3경기 연속이에요. 휘명고하고 동일고는 한 경기씩 쉬고 한다고요."

6월 19일부터 주말 리그 본선인 황금사자기 일정이 잡힌 탓에 예선은 두 개의 경기장으로 나눠 따로 진행됐다. A조와 B조는 서울 야구장에서 예선을 가지고 C조와 D조는 송인 야구장에서 경기를 치른다.

경기 일정은 6월 9일과 11일, 12일, 14일 총 4일.

오전 11시와 오후 1시, 오후 5시에 각각 경기가 시작된다.

경기 첫날인 6월 9일과 마지막 날인 6월 14일은 나흘의 휴식 기간이 있다. 이 나흘간의 휴식 일정을 잘 활용한다면 에이스 투수를 두 번 등판시킬 수 있었다.

하지만 세명 고등학교에 주어진 휴식일은 6월 14일이었다. 진일 고등학교는 6월 9일. 에이스 찬스는 가뜩이나 전력이 강한 휘명 고등학교와 동일 고등학교가 차지해 버렸다. 마치 협회가 두 학교를 대놓고 밀어주기라도 하는 것처럼 말이다.

"건호를 언제 내보내실 생각이십니까?"

한창식 투수 코치가 조기하 감독을 바라봤다.

일정상 가장 먼저 붙는 건 동일 고등학교다. 그다음이 진일 고등학교 전이고 마지막으로 휘명 고등학교가 잡혀 있었다.

본선 진출을 위해서 2승이 필요하다는 걸 감안하면 박건호는 동일 고등학교 전이나 휘명 고등학교전에 등판시켜야했다.

"흠……."

잠시 고심하던 조기하 감독이 손가락으로 동일 고등학교를 짚었다. 야구부 폐부 논란으로 세명 고등학교와 쌓인 게 많기도 했지만 빈틈이 없는 휘명 고등학교보다는 동일 고등학교가 그나마 승산이 있다고 판단했다.

2

"건호야, 너 동일전 선발이란다."

회의실을 염탐하던 고상민이 한발 앞서 건호에게 달려왔다.

"그럴 줄 알았다."

건호가 씩 웃었다. 첫 경기인 동일 고등학교와 마지막 경기인 휘명 고등학교 중 하나를 골라야 한다면 당연히 동일 고등학교일 거라고 예상하고 있었다.

"근데 안 떨리냐?"

"내가 왜?"

"이 자식 보게. 작년 가을에 개털린 거 까먹었냐?"

고상민이 깜빡이도 켜지 않고 혹 들어왔다. 작년 여름 연습 경기 때 선발로 나섰다가 3이닝도 채우지 못하고 강판당한 걸 쓸데없이 상기시켜 주었다.

하지만 건호는 대수롭지 않다는 표정이었다.

"그게 뭐?"

"오~ 박건호. 투구 폼 바꾸면서 유리 멘탈도 같이 갈아 끼

웠냐?"

"나 옛날의 박건호 아니다."

건호가 손에 쥔 공을 힘껏 내던졌다.

퍼엉!

공을 받은 안상원의 입에서 '나이스 볼'이라는 소리가 터져 나왔다.

"오~ 건쇼, 쫌 하는데?"

고상민이 짓궂게 웃었다. 투구 폼 교정 이후 한동안 구속이 나오지 않아서 걱정했는데 오늘 던지는 걸 보니 다시 150km/h대로 되돌아온 것 같았다.

"야, 이것도 살살 던진 거야."

건호가 어깨를 으쓱였다. 농담이 아니라 아직 전력투구를 해도 좋다는 허락을 받지 못해서 80에서 90퍼센트 정도의 힘만으로 공을 던지고 있었다.

"야, 공 한번 던져 봐."

"뭐? 지금?"

"그래, 깁스 푼 김에 한번 쳐 보자. 지난번엔 나만 못 쳤 잖아."

고상민이 냉큼 타석에 들어섰다. 그러고는 베이브 루스라 도 되는 것처럼 방망이 끝으로 펜스 너머를 가리켰다.

"까불지 말고 맞히기나 해라."

안상원이 미간을 찌푸렸다. 그러자 고상민이 나직한 목소리로 중얼거렸다.

"그러니까 한복판으로 하나 부탁해."

"뭐야? 너 일부러 그런 거냐?"

"그래, 이번에 사인 내면 건호가 분명 오케이할 거야. 친구 좋다는 게 뭐냐. 안 그래?"

"암튼 잔머리는……."

고상민의 주문대로 안상원이 한복판으로 미트를 들어 올렸다.

구종은 포심 패스트볼.

고상민의 예상대로 박건호는 군말 없이 고개를 끄덕였다.

'좋았어!'

고상민은 방망이를 힘껏 움켜쥐었다. 야구부 부활 이후 박건호의 공을 제대로 때려낸 사람은 안승혁뿐이었다.

자신과 비슷한 레벨이라는 박인찬, 한승렬도 헛방망이질만 해댔다. 여기서 박건호의 공을 하나만 때려낸다면 안승혁에 이어 2인자로 거듭날 수 있었다.

'건호야, 친구 좋다는 게 뭐냐? 나도 신입생들의 존경 좀 받아보자.'

박건호가 키킹을 시작하자 고상민도 재빨리 테이크백에 들어갔다. 조금 전 박건호가 던졌던 공의 구속을 감안했을 때 이

정도 준비면 충분히 맞혀낼 수 있다고 판단했다.

하지만 박건호의 손끝을 빠져나온 공은 고상민이 미처 인식하기도 전에 시야 너머로 사라져 버렸다.

퍼엉!

묵직한 포구음이 고상민의 귓불을 때렸다. 고상민이 정신을 차렸을 때는 이미 모든 게 끝이 난 상태였다.

"시, 시발. 이게 뭐야?"

"뭐긴 뭐야. 네가 원하던 한복판 스트라이크지."

"이게 건호 공이라고?"

"그래, 못 믿겠으면 하나 더 받아보시든지."

안상원이 친절하게 미트를 들어 올렸다. 그리고 박건호는 인정사정없이 한복판으로 공을 찔러 넣었다.

"허⋯⋯."

고상민의 입에서 절로 헛웃음이 흘러나왔다. 이런 말도 안되는 포심 패스트볼이라니. 이런 걸 어떻게 치라는지 이해가 가질 않았다.

"하나 더 볼래?"

안상원이 짓궂게 물었다.

"야, 커브 던져. 커브."

고상민이 냉큼 자존심을 접었다.

그때였다.

"상원아! 잠깐만!"

로진백을 두드리던 박건호가 갑자기 안상원을 불렀다.

"뭐야? 저 자식이 뭐래?"

다시 포수석으로 되돌아온 안상원을 바라보며 고상민이 불길한 표정을 지었다. 왠지 박건호가 자신을 망신주려고 수작을 부리는 것만 같았다.

하지만 안상원의 대답은 고상민의 예상과 전혀 달랐다.

"건호가 너 하나 때리라고 던져 준단다. 그러니까 있는 힘껏 휘둘러 봐. 자신 있으면 담장 넘기든가."

"정말?"

"공 온다. 정신 차려라."

안상원이 또다시 한복판으로 미트를 들어 올렸다. 그곳을 향해 박건호가 초구, 2구와는 전혀 다른 밋밋한 포심 패스트볼을 내던졌다.

"바로 이거야!"

고상민이 기다렸다는 듯이 방망이를 휘돌렸다. 타이밍이 조금 빨라 3루 파울라인 밖으로 휘어져 나가긴 했지만 타구 자체만 놓고 보면 홈런이나 다름없었다.

"아……. 젠장. 그게 안 맞네."

"으이그, 병신. 그걸 못 치냐."

"시끄럽고 하나만 더 던져 줘라."

"됐어, 인마. 이제 갔어."

"갔어? 가긴 뭐가 가?"

고상민이 영문을 모르겠다는 표정을 지었다. 하지만 안상원은 서비스는 한 번뿐이라며 단호하게 미트를 들어 올렸다. 그러자 박건호도 곧장 투구 동작에 들어갔다.

"자, 잠깐! 나 아직 준비 안 했다고!"

고상민이 엉거주춤한 자세로 방망이를 들어 올렸다. 그런 고상민을 놀리듯 느릿하게 날아온 커브가 안상원의 미트 속에 폭 하고 파묻혔다.

3

일주일 후.

송인 야구장에서 세명 고등학교와 동일 고등학교 간 조별 리그 첫 번째 경기가 시작됐다.

"좋은 경기 부탁합니다."

"잘해봅시다."

서로 인사를 주고받은 양 팀 감독의 표정은 달랐다. 조기하 감독은 진지한 반면 동일 고등학교 한민승 감독은 여유가 넘쳤다. 마치 세명 고등학교쯤은 안중에도 없다는 표정이었다.

그 자신감은 선발 출전 명단에서도 확연히 드러났다.

"이거 전부 1학년하고 2학년뿐인데요?"

"와……. 우릴 너무 깔보는데요?"

선수 명단 중 낯익은 이름은 단 한 명도 없었다. 수비의 핵인 센터리안부터 시작해 클린업 트리오까지 전부 2학년이 자리 잡고 있었다.

심지어 선발 투수마저 2학년이었다. 봉황기와 황금사자기 8강을 견인했던 3학년 주전 투수들은 아예 대기 명단에서도 빠진 상태였다.

"감독님, 정말 이겨야겠습니다."

"네, 이 상황에서 지면 진짜 자존심 상할 거 같아요."

코치들이 저마다 의지를 불태웠다. 소식을 전해 들은 선수들도 흥분을 감추지 못했다.

그러나 단 한 사람. 건호만은 아무렇지도 않은 얼굴이었다.

"설마 이걸 노렸냐?"

안상원이 포수 장비를 차며 물었다.

"날 만만하게 여겨주길 기대하긴 했는데 이 정도일 줄은 몰랐지."

건호가 피식 웃었다. 지난번 누군가 캠코더를 들고 몰래 촬영을 하기에 일부러 고상민에게 큰 걸 얻어맞아 줬는데 그 결과가 예상을 훌쩍 뛰어넘어 버렸다.

건호는 동일 고등학교가 자랑하는 3학년 원투펀치만 피해도 다행이라고 여겼다.

타자들이 점수를 뽑아내 주지 않으면 투수가 아무리 잘 던져도 이길 수가 없었다. 그런 점에서 동일 고등학교가 진일 고등학교와 휘명 고등학교 쪽으로 승부의 초점을 맞춰주길 바랐다.

그런데 원투펀치를 포함해 3학년 주전 투수들이 아예 출전 선수 명단에서 빠졌다고 한다. 덕분에 세명 고등학교 타자들이 점수를 뽑아낼 가능성도 그만큼 높아졌다.

"조금 더 공격적으로 던져도 되겠어."

건호가 글러브를 쥐고 자리에서 일어났다. 그러자 한창식 투수 코치가 다급히 건호에게 다가왔다.

"건호야, 감독님이 초반에는 변화구 위주로 승부하라고 하신다."

"변화구요?"

"그래, 처음부터 포심 패스트볼 던지면 우리 전력이 금방 들킬 거 아냐."

"아……. 넵, 알겠습니다."

살짝 아쉬운 마음이 들었지만 건호는 고개를 주억거렸다. 세명 고등학교가 대통령배 고교 야구 본선에 진출하기 위해서는 동일 고등학교를 꼭 잡아야 했다.

만에 하나 오늘 경기를 놓친다면 에이스도 없이 서울을 대표하는 휘명 고등학교와 싸워 이겨야 한다는 부담이 생긴다.

"코치님께 이야기 들었다. 타자들이 금방 점수 뽑아줄 테니까 한 타순만 참아. 알았지?"

장기석 코치에게 불려갔던 안상원이 건호의 엉덩이를 툭 때리고 포수석으로 돌아갔다. 그사이 1번 타자 이인용이 타석에 들어섰다.

이인용은 2학년들 중 유일하게 주전급으로 뛰는 선수였다. 작년 친선 경기에서도 경기 중반부터 1번 타자로 나와서 건호에게 두 개의 안타를 빼앗아 냈다.

그때의 즐거운 기억 때문일까. 이인용의 입가에는 웃음이 가득했다.

"저 자식, 기분 나쁘게 쪼개네."

건호가 눈매를 굳혔다. 마음 같아서는 실실거리지 못하게 몸 쪽에 포심 패스트볼을 힘껏 꽂아 넣고 싶었다. 하지만 그랬다간 벤치에서 시시덕거리고 있는 동일 고등학교의 3학년 주전이 전부 경기에 투입될 것이다.

"서두르지 말자. 어차피 만나게 되어 있으니까."

건호는 애써 흥분을 가라앉혔다. 그리고 안상원의 가랑이 쪽을 바라봤다.

잠시 고심하던 안상원이 손가락 두 개를 폈다.

구종은 슬라이더. 코스는 몸 쪽. 볼이 되어도 좋으니 최대한 깊숙이 찔러 넣으라는 이야기 같았다.

"좋아."

건호가 가볍게 고개를 끄덕거렸다. 투구 폼 교정 이후 예전보다 훨씬 날카로워졌다는 평가를 받고 있는 슬라이더라면 이인용의 방망이를 끌어낼 수도 있을 것 같았다.

"후우……."

천천히 숨을 고른 뒤 건호가 투수판을 박차고 앞으로 나갔다.

후앗!

건호의 손끝을 빠져나간 공이 바깥쪽에서 한복판으로 휘어지듯 날아들었다.

'실투다!'

이인용은 기다렸다는 듯이 방망이를 휘둘렀다. 박건호의 밋밋하기만 하던 슬라이더가 이 코스로 들어왔다면 분명 한복판으로 몰릴 것이라 여겼다.

그런데 정작 공은 방망이 손잡이 부분에 걸렸다. 이인용이 생각했던 것보다 공이 훨씬 더 안 쪽으로 휘어져 들어온 것이다.

따악!

완전히 먹힌 타구가 3루수 한승렬 앞으로 데굴데굴 굴러갔다. 발 빠른 이인용이 이를 악물고 1루로 내달렸지만 한승렬의 송구는 그보다 한참 먼저 1루수 안승혁의 글러브 속에 빨려 들어갔다.

"거저먹었네."

1루심의 아웃 사인을 확인한 건호가 피식 웃었다. 자신을 만만하게 여기는 이인용을 꼭 삼진으로 잡아내고 싶었는데 공하나로 돌려세우는 기분도 그리 나쁘지 않았다.

건호는 2번 타자 차인우에게도 몸 쪽 슬라이더를 던졌다. 이번에는 제구가 몰리면서 정말로 한복판으로 들어갔지만 무브먼트가 좋아서인지 차인우는 방망이에 제대로 공을 맞혀내지 못했다.

따악!

둔탁한 소리와 함께 타구가 유격수 쪽으로 흘렀다. 그런데 느닷없이 3루수 한승렬이 몸을 날려 공을 가로채 버렸다. 슬라이딩 후 몸을 일으켜 세우고 노 스텝으로 1루에 공을 던지기까지.

한승렬의 헛짓거리가 건호를 조마조마하게 만들었다.

한승렬의 송구가 차인우의 발보다 빠르면서 1루심이 아웃을 선언했기에 망정이지 하마터면 평범한 타구로 내야 안타를 내줄 뻔했다.

"야, 그거 내 공이잖아!"

유격수 고상민이 짜증스럽게 소리쳤다. 그러자 한승렬이 뻔뻔하게 맞받아쳤다.

"너 도와주려고 한 거잖아."

"나 발목 괜찮거든?"

"그러다 빠지면? 오늘 경기 지면 네가 책임질 거야?"

"으으. 너 때문에 지게 생겼거든?"

경기 초반부터 고상민과 한승렬이 으르렁거리자 동일 고등학교 선수들은 웃음을 참지 못했다.

역시 세명고. 저러니 협회에서 징계를 받지.

입모양뿐이지만 세명 고등학교에 대한 조롱이 쉴 새 없이 흘러나왔다.

하지만 정작 세명 고등학교 더그아웃은 한승렬의 의욕 넘치는 플레이를 긍정적으로 받아들였다.

"승렬이 수비가 많이 좋아졌네요."

"그렇죠? 전 처음 봤을 때는 3루 베이스 지박령인 줄 알았어요."

"하하. 확실히 요새 타구를 처리하는 능력이 많이 좋아졌죠. 하지만 이번 건 좀 욕심이었어요. 이번에 들어오면 장 코치가 기죽지 않게 잘 이야기해 줘요."

과거 한승렬은 이기적인 수비의 대명사였다. 수비 폭이 좁은 녀석이 적극성마저 떨어졌다. 3루 베이스라인 앞으로는 들

어가려고 하지 않아 심심찮게 번트 안타나 내야 안타를 내주
곤 했다.

그런 한승렬이 고작 몇 개월 만에 고상민의 타구를 끊어먹
을 만큼 의욕적으로 변했으니 코칭스태프들 입장에서는 기분
이 좋을 수밖에 없었다.

건호도 피식 웃고 말았다. 공 두 개로 두 명의 타자를 범타
로 돌려세우면서 동일 고등학교 더그아웃을 긴장시킬 뻔했는
데 뜬금없이 터진 한 편의 코미디가 다시 세명 고등학교를 우
습게 만들어주었다.

그래서인지 3번 타자 홍인승의 얼굴에도 긴장감이라고는
찾아볼 수가 없었다.

'그래도 중량감은 있어 보이니까 바깥쪽으로 하나.'

안상원이 바깥쪽으로 미트를 움직였다.

손가락은 세 개. 체인지업.

투구 폼이 엉망일 때에도 그나마 봐줄 만한 구종이었다.

'이번에도 한번 낚아봐?'

건호는 안상원의 미트보다 조금 더 안쪽을 노렸다. 안상원
의 리드대로라면 헛스윙을 이끌어 낼 수도 있겠지만 기왕 공
두 개로 투 아웃을 잡았으니 공 세 개로 이닝을 마무리하고 싶
어졌다.

후아앗!

건호의 손끝을 빠져나간 공이 멀찍이 날아들었다.

'왔다!'

홍인승은 기다렸다는 듯이 방망이를 휘돌렸다. 더그아웃에서 초구를 지켜보라는 사인이 나왔지만 이렇게 밋밋하게 들어오는 패스트볼을 놓치고 싶지 않았다.

그런데 잘 날아오던 공이 마지막 순간에 뚝 하고 떨어져 버렸다.

'체인지업!'

홍인승이 뒤늦게 구종을 알아챘을 때는 방망이가 허리를 빠져나온 뒤였다.

홍인승은 팔을 쭉 뻗어 어떻게든 방망이 중심에 맞춰 보려고 애를 썼다. 하지만 정작 공은 방망이 끝 부분에 걸려 3루 쪽으로 힘없이 굴러갔다.

탓!

거의 제자리에서 포구한 3루수 한승렬이 1루 쪽을 향해 빠르게 공을 던졌다.

퍼엉!

한승렬의 송구가 1루수 안승혁의 글러브 속에 정확하게 빨려 들어갔다. 그렇게 세 번째 아웃 카운트가 만들어졌다.

"좋았어!"

공 3개로 세 타자를 잡아낸 건호가 의기양양한 얼굴로 마운드를 내려갔다. 야수들도 저마다 달려와 건호에게 글러브를 가져다 댔다.

"나이스 피칭!"

"너 이러다 진짜 건쇼로 이름 바꾸는 거 아니냐?"

세명 고등학교 더그아웃의 표정도 밝았다. 구심이 경기를 시작한 지 이제 겨우 3분밖에 되지 않았는데 공수교대다. 동일 고등학교 입장에서는 변기에 막 주저앉았는데 수업 종이 친 꼴이나 다름없었다.

"방금 공 위험하긴 했지만 좋았어."

"몰렸어?"

"몰리진 않았지만 상대가 체인지업을 노렸다 해도 제대로 맞히긴 어려웠을 거야."

안상원도 건호의 피칭을 칭찬했다. 건호의 공이 스트라이크존에 걸쳐 들어왔을 때는 식겁했는데 막상 타자의 반응을 보니 포수석에서 보는 것보다 무브먼트가 더 좋은 것 같았다.

"다음 이닝 때도 포심 빼고 이런 식으로 가 보자."

"커브는?"

"중심 타선이니까 일단 아껴둬. 아직 커브는 좀 밋밋하잖아."

"좋아."

건호와 안상원이 의견을 조율하는 사이 세명 고등학교의 1번 타자 박인찬이 사사구로 출루했다. 건호의 앞선 이닝에 영향을 받은 것인지 동일 고등학교의 2학년 투수 김찬우는 스트라이크 하나 던지지 못하고 연속해서 볼만 4개를 던졌다.

2번 타자 고상민에게도 마찬가지였다. 고상민이 번트 자세를 취하자 지레 겁을 먹고 공을 빼면서 세명 고등학교는 힘 들이지 않고 무사 1, 2루의 찬스를 만들었다.

그런데 3번 타자 한승렬이 욕심을 부리면서 흐름이 끊겼다. 원 스트라이크 쓰리 볼 상황에서 바깥쪽으로 빠져나가는 슬라이더를 기어코 잡아당겨 5-4-3으로 이어지는 병살타를 때린 것이다.

"내 저럴 줄 알았다."

병살타를 치고 씩씩거리는 한승렬을 바라보며 안상원이 고개를 흔들었다. 이기적인 수비 능력은 많이 좋아졌지만 주자만 나가면 필요 이상으로 욕심을 부리는 건 좀처럼 나아지질 않았다.

"하아……."

건호의 입에서도 한숨이 흘러나왔다. 한승렬이 5구를 지켜봤다면 무사 만루 찬스가 안승혁에게 걸리는 건데 욕심을 부리는 바람에 2사 3루 상황으로 바뀌고 말았다.

'승혁아, 하나만 때려줘라.'

건호가 간절한 눈으로 안승혁을 바라봤다.

그 순간.

따악!

안승혁이 김찬우의 초구 높은 볼을 잡아당겨 우익수 앞 안타를 때려냈다.

3루 주자 박인찬이 재빨리 홈을 밟으며 득점.

0 대 0이던 전광판의 점수가 1 대 0으로 바뀌었다.

5번 타자 주찬기가 중견수 플라이로 물러나며 더 이상의 추가 득점은 없었지만 건호는 마음이 편해졌다. 고작 한 점이긴 하지만 든든한 보험을 하나 든 기분이었다.

반면 동일 고등학교 타자들은 조급했다. 최대한 빨리 점수를 만회하겠다는 생각에 지나치게 적극적으로 방망이를 휘둘렀다.

4번 타자 박진우는 2구째 들어온 바깥쪽 슬라이더를 건드려 투수 앞 땅볼로 물러났다. 5번 타자 이상운은 초구 몸 쪽 체인지업에 포수 파울 플라이 아웃. 6번 타자 최창희는 살짝 몰린 2구째 슬라이더를 잡아당겨 3루수 앞 땅볼로 아웃됐다.

건호가 세 타자를 잡는 데 던진 공은 단 5개.

수비 시간은 고작 4분여.

"후우……."

동일 고등학교 한민승 감독의 입에서 처음으로 한숨이 흘러나왔다.

"지금이라도 3학년들을 투입할까요?"

나승훈 수석 코치가 조심스럽게 물었다. 하지만 한민승 감독은 고개를 저었다.

조 최약체인 세명 고등학교를 상대로 1, 2학년의 실력을 테스트해 보겠다고 밝혔는데 한 타순이 끝나기도 전에 3학년을 투입할 수는 없는 노릇이었다.

다행히 김찬우가 세명 고등학교의 6, 7, 8번 하위 타선을 안타 없이 막아내며 분위기를 끌어올렸다.

김창열 타격 코치도 선수들을 모아놓고 서두르지 말고 침착하게 타격하라고 주문했다.

하지만 이를 악물고 타석에 들어선 7번 타자 조인기는 박건호의 공에 타이밍 한 번 맞추지 못하고 3구 삼진으로 물러나고 말았다.

8번 타자 유승범도 별반 다르지 않았다. 박건호가 커브를 섞어 던지자 이러지도 저러지도 못하는 게 눈에 훤히 보였다.

자연스럽게 벤치에 앉아 있던 3학년 주전 선수들의 입에서 절로 불만이 터져 나왔다.

"저 녀석들 뭐하는 거야? 왜 저 공을 못 치는데?"

"내 말이 그 말이다. 게다가 건호 저 자식, 지금까지 패스트볼 하나도 안 던졌잖아?"

"패스트볼을 안 던진 게 아니라 못 던지는 거야. 투구 폼 바꾸고 나서 구속 엉망 됐다는 이야기 못 들었어?"

"엉망이 될 만한 구속이나 있었냐?"

"그래도 예전에는 한 140 초반 던지지 않았던가? 거기서 더 엉망이면 130이나 나오겠네."

3학년 주전들은 박건호를 우습게 여겼다. 작년 친선 경기 때 만나서 신나게 두들긴 경험도 있고 투구 폼을 바꾼 이후로 공이 엉망이 됐다는 소문까지 나돌았으니 동일 고등학교 신입생 투수보다도 못한 수준이라고 깎아내렸다.

한민승 감독을 비롯한 코칭스태프의 생각도 별반 다르지 않았다. 프로필상 박건호는 좋은 체격 조건으로 고작 140㎞/h대 초반의 밋밋한 공을 던지는 평범한 투수였다.

좌완에 체력 하나는 좋으니 투수가 부족한 학교에서는 선발 대접을 받을지 몰라도 동일 고등학교에서는 주전으로 뛰기 어려운 실력이었다.

물론 한민승 감독도 박건호가 조태식 이사장이 지켜보는 가운데 어마어마한 탈삼진 쇼를 선보였다는 소문을 듣긴 했다. 하지만 야구부를 살리기 위한 연극이었을 것이라고 웃어 넘겼다.

조기하 감독 밑에서 투구 폼을 고친다는 이야기를 듣고는 고개를 흔들었다. 올 가을 프로 입시를 준비해야 할 3학년이 투구 폼을 바꾸다니. 박건호의 투수 인생이 끝날 날도 머지않았다고 여겼다.

 그런데 그런 박건호에게 대동일 고등학교가 3이닝 퍼펙트를 당하고 있었다. 그렇다고 박건호가 소문처럼 대단한 공을 던져 댄 게 아니었다. 멍청한 타자들이 알아서 박건호의 아웃카운트를 늘려주고 있었다.

 "3학년들 준비시켜."

 한민승 감독이 짜증스럽게 말했다. 본래 6회까지는 1, 2학년들에게 맡긴 뒤 7회부터 순차적으로 3학년들을 투입할 계획이었는데 1 대 0이라는 전광판 스코어를 보고 있자니 더는 참을 수가 없었다.

 "투수도 바꿀까요?"

 조창수 투수 코치가 물었다. 세명 고등학교는 9번부터 시작하는 타순이었다. 경우에 따라서 중심 타선과 맞닥뜨릴 수도 있었다.

 하지만 한민승 감독은 고개를 저었다.

 "찬우는 내버려 둬. 잘 던지고 있잖아."

 오늘 경기에 투입한 1, 2학년들 중 한민승 감독의 성에 찬 건 김찬우뿐이었다.

1회 초 제구 난조를 보이며 흔들리긴 했지만 내년도 에이스 감으로 점찍은 기대주답게 2회는 깔끔하게 막아내 주었다.

'이제 주전들을 투입하니까 4점까지는 봐줘야지.'

한민승 감독이 여유롭게 경기를 지켜봤다. 설사 이번 이닝에서 김찬우가 실점한다 하더라도 3학년들을 내세우면 금방 경기를 뒤집을 수 있다고 확신했다.

김찬우는 첫 타자 이찬호를 유격수 앞 땅볼로 유도하며 한민승 감독을 미소 짓게 했다. 볼카운트가 투 볼로 몰렸지만 슬라이더를 몸 쪽으로 과감하게 찔러 넣는 승부수가 통했다.

그러나 까다로운 타자 박인찬을 만나면서 김찬우는 또다시 흔들렸다. 초구와 2구째 내던진 유인구가 통하지 않으면서 볼카운트가 불리해지고 말았다.

두 개의 파울 타구를 끌어내며 풀카운트까지 끌고 오긴 했지만 7구째 공이 볼 판정을 받으며 박인찬은 또다시 1루 베이스를 밟았다.

2번 타자 고상민도 마찬가지. 번트를 댈 듯 말 듯 김찬우의 신경을 벅벅 긁은 덕분에 두 번째 사사구를 얻어냈다.

"한번 올라가 볼까요?"

조창수 투수 코치가 한민승 감독을 바라봤다. 흥분한 모습이 역력한 김찬우를 한 번쯤 달래줄 필요가 있을 것 같았다.

하지만 한민승 감독은 이번에도 고개를 저었다.

"저 정도는 이겨내겠지. 1회 때도 병살로 유도했잖아."

한민승 감독은 강성용이 만들어 제출한 선수 프로필을 떠올렸다.

지금 타석에 들어온 한승렬에 대해 강성용은 3번 타순에 있는 것 자체가 미스터리이며 주자가 많을수록 못 친다고 평가했다.

물론 일개 선수에 불과한 강성용의 의견을 전적으로 신뢰하는 건 아니었지만 앞선 1회 때 보여주었던 형편없는 선구안이라면 이번에도 김찬우를 도와줄 것 같았다.

2학년 포수 유승범도 한승렬을 땅볼로 유도하고 싶은 욕심에 사로잡혔다. 그래서 초구부터 몸 쪽 깊숙이 찔러드는 포심 패스트볼을 요구했다. 앞선 타석에서 병살타를 친 만큼 한승렬도 긴장하고 있을 거라고 생각했다.

그러나 한승렬은 3연타석 병살타를 치고도 타자 주자의 발걸음이 느리다고 남 탓하는 강인한 멘탈의 소유자였다.

'왔다!'

김찬우가 내던진 공이 몸 쪽으로 붙어 들어오자 한승렬이 기다렸다는 듯이 방망이를 휘둘렀다.

따악!

방망이 중심에 걸린 타구가 총알처럼 3유간으로 흘렀다. 3루수 이상운과 유격수 차인우가 연달아 몸을 날려봤지만 타구는 아슬아슬하게 두 사람의 글러브를 빠져나가 버렸다.

타구 판단 때문에 스타트가 늦었던 박인찬이 3루에서 멈추면서 루상에 주자가 꽉 들어찼다.

1사 만루.

그리고 타석으로 4번 타자 안승혁이 들어왔다.

"타임!"

상황이 꼬이자 한민승 감독이 더그아웃 밖으로 나왔다. 하지만 김찬우를 바꾸지는 않았다. 김찬우가 성장하려면 안승혁 정도 되는 타자와 위기 상황에서 싸워보는 것도 나쁘지 않다고 여겼다.

대신 한민승 감독은 포수를 바꿨다. 2학년 백업 포수 유승범을 빼고 3학년 주전 포수 김민석을 집어넣었다.

"찬우야, 내가 던지라는 대로만 던져. 알았지?"

마운드에 오른 주전 포수 김민석이 큰소리를 떵떵 쳤다.

"네! 선배님."

김찬우의 표정도 한결 밝아졌다. 유승범과 오랫동안 호흡을 맞추긴 했지만 이런 상황에서는 확실히 믿고 기댈 수 있는 김민석이 편했다.

'이 자식, 몸 쪽 높은 코스에 약하다고 했지?'

포수석으로 돌아온 김민석이 안승혁을 힐끔 쳐다봤다. 강성용의 말에 따르면 안승혁은 몸 쪽 높은 코스에 헛스윙이 잦다고 했다. 그 약점을 좀처럼 고치지 못해서 전임 감독에게 욕을 엄청 들어먹었다고 했다.

'일단 투 스트라이크를 만들어 놓고…….'

김민석은 초구에 바깥쪽으로 아슬아슬하게 들어오는 슬라이더를 요구했다. 김찬우는 군말 없이 고개를 끄덕였다. 그리고 김민석의 미트 쪽으로 슬라이더를 던졌다.

파앗!

김민석은 바깥쪽으로 빠져나가려는 공을 안으로 밀어 넣어 스트라이크를 만들었다. 프레이밍이 어찌나 자연스럽던지 구심도 군말 없이 오른팔을 들어 올렸다.

2구째도 마찬가지. 사이드암에 가까운 좌완 김찬우의 슬라이더는 좌타자가 치기에 너무나 멀찍이 도망가 버렸다.

"스트라이크!"

구심은 이번에도 오른팔을 들었다. 안승혁이 어처구니없다는 표정을 지어봤지만 구심의 판정은 달라지지 않았다.

투 스트라이크.

'이제 이 자식을 잡아보실까?'

김민석이 기다렸다는 듯이 안승혁의 가슴 옆쪽으로 미트를 들어 올렸다.

몸 쪽으로 붙는 하이 패스트볼.

이 공으로 안승혁을 잡아낼 생각이었다.

"후우······."

눈으로 주자를 한 번 훑은 뒤 김찬우가 투수판을 밟았다. 그리고 김민석의 미트를 향해 있는 힘껏 공을 내던졌다.

후아웃!

바람 소리와 함께 공이 높게 날아들었다. 이건 볼 필요도 없이 스트라이크존을 벗어나는 코스의 공이었다.

하지만 대부분의 타자가 그렇듯 안승혁도 눈에 가깝게 날아드는 공의 마력을 이겨내지 못했다. 정신을 차렸을 때는 이미 방망이가 반쯤 허리를 빠져나온 상태였다.

'쳐야 해!'

안승혁이 빠득 이를 갈았다. 1사 만루. 팀의 4번 타자로서 이 절호의 기회를 놓치고 싶지 않았다. 어떻게든 3루 주자를 불러들여서 박건호의 어깨를 가볍게 만들어주고 싶었다.

다행히도 방망이는 공을 제대로 쫓아갔다. 박건호에게 몇 번이고 당한 공이라서인지 몸이 자연스럽게 움직였다. 그리고.

따악!

스위트스폿 안쪽으로 공이 걸려들었다.

'크아아아아!'

안승혁이 이를 악물며 방망이를 내돌렸다. 적어도 외야 깊숙한 플라이는 때려야 3루 주자 박인찬이 부담 없이 홈으로 들어올 수 있었다.

그런데…….

"어! 어어!"

타구가 쭉쭉 뻗어 나가더니 뒷걸음질 치던 우익수 뒤 담장을 아슬아슬하게 넘어가 버렸다.

홈런.

그것도 만루 홈런.

"승혁아아아!"

조마조마한 얼굴로 경기를 지켜보던 건호가 그대로 악을 내질렀다.

반면 김찬우는 망연자실한 얼굴이었다. 분명 먹혔는데. 먹힌 타구였는데. 그걸 힘으로 이겨내 홈런으로 만들어버렸으니 할 말이 없었다.

"후우……. 여기까지인가."

한민승 감독은 어쩔 수 없다며 투수를 바꿨다. 바뀐 투수는 강성용을 따라 동일 고등학교로 넘어간 송준욱.

"찬기야, 살살 하자."

송준욱은 주찬기와 김일섭을 범타로 돌려세우고 이닝을 마쳤다. 하지만 안승혁의 만루 홈런 한 방으로 전광판의 스코어는 5 대 0으로 바뀌어 있었다.

4

"5점 차다. 가서 맘껏 뒤집어 봐라."

5 대 0으로 뒤지긴 했지만 한민승 감독은 크게 걱정하지 않았다. 3학년들이 나서는 만큼 6회가 가기 전에 동점을 만들어 낼 것이라고 예상했다.

3학년 타자들의 생각도 크게 다르지 않았다.

"야, 우리 홈런 하나씩 쳐서 콜드로 끝내자."

"콜드? 몇 회 콜드?"

"자존심이 있는데 5회 콜드로 끝내야지."

"미쳤네. 그럼 몇 점을 뽑아야 하는지 알고나 하는 소리냐?"

농담 삼아 콜드 게임 승리를 운운할 만큼 3학년 선수들은 자신감에 차 있었다.

작년에도 동일 고등학교는 세명 고등학교와 5번 맞붙어 전부 이겼다. 그중 콜드 게임만 3경기였다.

졸업한 선배들이 이뤄낸 결과이긴 했지만 그 옆에서 경기를 지켜봤던 3학년들이 세명 고등학교를 만만하게 보는 것도 무리는 아니었다.

게다가 동일 고등학교의 주전들은 주말 리그와 봉황기, 황금사자기를 거치며 성장했다. 반면 세명 고등학교는 이번 예선이 올해 첫 번째 공식 경기였다.

"인용아! 시원하게 한 방 때려라."

"형이 불러들일 테니까 걱정하지 말고. 알았지?"

선배들의 독려 속에 1번 타자 이인용이 다시 타석에 들어섰다. 2학년 중 유일하게 주전 라인업에 포함된 터라 9번 타순을 쳤지만 오늘 경기만큼은 계속해서 톱타자로 나서게 됐다.

"후우……."

이인용은 길게 숨을 골랐다. 그리고 진지한 얼굴로 박건호를 바라봤다.

오늘 선발이 박건호라는 이야기를 들었을 때 이인용은 농담 삼아 사이클링 히트를 쳐 보겠다고 말했다.

안타 2루타 3루타는 그야말로 껌이었다. 문제는 홈런인데 곧바로 담장을 넘기는 건 어렵겠지만 육상부 뺨치는 빠른 발을 이용한다면 그라운드 홈런도 가능할 것 같았다.

그만큼 이인용도 박건호의 공에 자신이 있었다.

좌완 투수이긴 하지만 박건호의 공은 전혀 까다롭게 들어오지 않았다. 게다가 제구도 별로였다. 바깥쪽 공은 열에 아홉이 볼이고 몸 쪽 공은 거의 한복판으로 몰렸다.

가끔씩 긁히듯 잘 들어오는 공을 빼고는 얼마든지 공략이 가능했다. 실제 작년에도 박건호를 상대로 2루타와 3루타를 하나씩 때려냈다.

그래서 첫 타석 때 몰린 슬라이더가 들어오자 주저 없이 방망이를 휘둘렀다. 머릿속으로 3유간을 꿰뚫는 안타를 생각하며.

그런데 정작 타구는 3루수 정면으로 굴렀다. 방망이 중심에 맞을 거라 여겼는데 그보다 훨씬 안쪽에 공이 걸렸다.

이때까지만 해도 이인용은 재수가 없었다고 여겼다. 운 좋게 하나 긁힌 슬라이더를 자신이 욕심 부린 결과라고 자책했다.

'이러다 내 타석 전에 강판당하는 거 아냐?'

이인용은 초구부터 실투를 던지는 박건호가 마운드에서 오래 버티지 못할 거라 여겼다.

하지만 박건호는 1회에도, 2회에도, 그리고 3회에도 무너지지 않았다. 오히려 구석구석을 찌르는 예리함으로 경험이 부족한 1, 2학년 타자들을 안타 하나 내주지 않고 잡아냈다.

마운드에 서 있는 박건호는 편해 보였다. 작년 이맘때쯤에는 짜증 가득한 얼굴이었는데 지금은 왠지 모르게 여유로웠다.

'선배들의 말이 맞아. 우리가 멍청하게 투수를 도와준 거라고.'

이인용은 질근 입술을 깨물었다. 선배들의 지적대로 박건호의 뻔한 노림수에 말려든 거라면 그런 흐름을 만들어버린 자신이 끊어내야 했다.

"뭐야? 이번에는 또 왜 저래?"

건호도 덩달아 미간을 찌푸렸다. 처음에는 자신을 깔보듯 실실거리다가 이번에는 원수라도 만난 것처럼 무서운 표정을 짓고 있으니 괜히 기분이 나빠졌다.

그러자 안상원이 타자는 신경 쓰지 말라며 미트를 팡팡 두드렸다.

"그래, 인마. 알았어. 으이그……."

건호가 눈을 돌려 안상원을 바라봤다. 안상원이 기다렸다는 듯이 손가락을 움직였다.

구종은 슬라이더.

코스는 몸 쪽.

첫 타석 때 이인용을 3루수 땅볼로 잡아낸 그 공이었다.

"이걸 또 던지라고?"

건호는 잠시 고민했다. 포심 패스트볼이라면 몰라도 아직 변화구는 자신이 없었다.

게다가 이인용은 맞히는 능력이 탁월한 교타자였다. 선수층 두텁기로는 첫손에 꼽히는 동일 고등학교에서도 1학년 때부터 준주전으로 활동할 만큼 타격 센스가 좋았다. 그런데 첫타석 때와 같은 공이라니. 이게 과연 통할지 의문이었다.

그런 건호의 속내를 읽기라도 한 것일까.

탕! 탕!

안상원이 자신만 믿으라는 듯 오른 손바닥으로 제 가슴 보호대를 힘껏 두드렸다.

"좋아. 어디 한번 해보자."

건호가 이내 고개를 끄덕였다. 안상원이 저 정도로 나올 정도면 뭔가 생각이 있다는 의미였다.

하지만 건호는 안상원이 정말로 자신의 공을 믿고 있다는 사실을 알지 못했다.

그것은 이인용도 마찬가지.

후앗!

초구와 똑같은 코스로 파고드는 슬라이더를 보고 또다시 실투라고만 여겼다.

'이번에는 안 놓친다……!'

벤치의 웨이팅 사인도 무시한 채 이인용이 힘껏 방망이를 휘둘렀다. 그러는 동안 저 멀리서 날아오던 공이 홈 플레이트 안쪽으로 빠르게 휘어져 들어왔다.

'걸려라! 걸려…… 엇!'

이인용은 공을 방망이 중심에 맞추기 위해 빠르게 허리를 돌렸다. 하지만 공은 이번에도 손잡이 안쪽에 걸려들었다.

그리고 타구는.

"내 거야!"

3루수 한승렬의 정면으로 굴러갔다.

한승렬이 한 차례 공을 더듬긴 했지만 1루로 빠르게 송구하면서 원 아웃.

"후우……."

한민승 감독의 얼굴에 슬슬 짜증이 번지기 시작했다.

1학년 차인우와 교체되어 들어온 3학년 구승훈의 타석도 별반 다르지 않았다.

바깥쪽으로 빠져나가는 초구 커브와 2구 체인지업을 걸러 내나 싶더니 3구째 한복판으로 들어오는 슬라이더를 잡아당겨 또다시 3루 앞 땅볼로 물러났다.

"이상하네. 이게 왜 안 맞지?"

더그아웃으로 돌아온 구승훈이 이해할 수 없다는 표정을 지었다. 분명 한가운데였는데, 그래서 휘둘렀는데 공은 방망이 안쪽에 걸려 버렸다.

2학년 홍인승을 대신해 3번 타순에 들어간 조영기도 마찬가지였다. 2구째 들어오는 슬라이더를 건드려 한승렬 쪽으로 타구를 굴려 버렸다.

상황이 이쯤 되자 한민승 감독의 표정도 달라졌다.

"저 슬라이더, 왜 못 치는 거야?"

"인용이 말을 들어보니 마지막 순간에 더 꺾여 들어온다고 합니다."

"좌투수가 던지는 슬라이더니까 꺾여 들어오는 게 당연하지. 그걸 말이라고 해?"

"그게…… 아직까지는 잘 모르겠다고 합니다."

"후우……."

길게 한숨을 내쉬던 한민승 감독이 슬라이더는 건드리지 말라고 지시했다. 볼카운트가 불리한 상황에서 한복판으로 들어오는 슬라이더를 자꾸 건드려 주니 박건호가 기고만장한 거라고 여겼다.

하지만 실제 박건호의 공을 직접 받은 안상원의 분석은 달랐다.

'확실히 슬라이더가 좋아졌어.'

투구 폼이 바뀌면서 건호의 변화구는 말 그대로 환골탈태했다. 거의 패대기치던 투구 폼에서 벗어나니 슬라이더도 슬라이더답게 들어왔고 커브도 커브다워졌다. 체인지업의 무브먼트도 눈에 띄게 좋아졌다.

그런데 포심 패스트볼을 봉인하고 변화구만 던지기 시작하니 이 슬라이더의 무브먼트가 더 좋아진 느낌이었다.

'의식하면서 던진다는 이야기인가?'

안상원이 건호를 힐끔 바라봤다. 그러자 물을 마시려던 건호가 눈을 깜빡거렸다.

"왜?"

"아냐, 아무것도."

"참, 나 포심은 언제부터 던지냐?"

"왜? 던지고 싶어?"

"당연하지. 내가 저 자식들한테 갚아줘야 할 게 있거든."

건호의 시선이 그라운드 쪽으로 향했다. 1, 2학년이 가득했던 운동장에는 동일 고등학교 주전 선수들이 대부분 자리 잡고 있었다.

건호는 3학년 주전 선수들을 상대하려면 아무래도 포심 패스트볼이 필요하다고 여겼다. 3루 땅볼이 되긴 했지만 패스트볼 대용으로 던지는 슬라이더가 자꾸 몰리듯 들어가는 게 내심 불안했다.

그러나 그 몰리듯 들어간다는 건 건호의 착각에 불과했다.

"너 슬라이더 때문에 그러지?"

"그래, 아까 전부 걸렸잖아."

"멍청아, 그거 걸린 거 아냐. 먹힌 거지."

"뭔 소리야?"

"지금 네가 던진 슬라이더를 타자들이 못 치고 있다고."

"뭘 못 쳐? 잘만 치던데."

"그게 제대로 맞힌 게 아니라고. 전부 방망이 안쪽에 걸렸다니까?"

"……어디에 걸려?"

"방망이 안쪽에. 대충 이 부분에."

안상원이 옆에 놓여 있던 방망이의 한가운데를 가리켰다. 그곳은 건호가 예상했던 위치보다 훨씬 더 손잡이 쪽으로 치우쳐져 있었다.

'뭐야? 어떻게 해야 저길 맞는 거야?'

건호의 머릿속으로 슬라이더와 스윙 궤적이 어지럽게 펼쳐졌다. 그러다 마지막 순간 몸 쪽으로 파고드는 슬라이더를 그리고서야 눈이 번쩍 떠졌다.

"그러니까…… 내 공이 마지막 순간에 더 꺾인다는 말이야?"

"그래, 패스트볼을 던지지 않아서 그런지 모르겠지만 오늘따라 슬라이더 무브먼트가 좋아. 그래서 저 녀석들도 제대로 못 치는 거라고."

건호는 열심히 고개를 주억거렸다. 안상원의 보충 설명까지 들으니 머릿속 슬라이더의 움직임이 조금 더 또렷해진 기분이었다.

"패스트볼 던지고 싶으면 던져. 하지만 굳이 빠르게 던지지 마."

"오케이, 무슨 소리인지 알겠어."

"지금도 충분히 좋아. 점수 차이도 넉넉하니까 오늘 네 슬라이더를 완성시켜 보자고."

"알았어. 던지라는 대로 던질 테니까 한번 해보자."

건호와 안상원이 신이 나서 다음 이닝을 준비했다. 그 모습을 조용히 지켜보던 조기하 감독의 얼굴에도 웃음이 번졌다.

"감독님 말씀대로네요. 패스트볼을 묶었더니 건호 슬라이더가 확 살아나는데요?"

때마침 한창식 투수 코치가 다가와 말을 걸었다. 조기하 감독의 지시대로 변화구만 가지고 승부를 하다 보니 박건호의 슬라이더가 눈에 띄게 좋아졌다.

"코치들이 잘 가르친 덕이지."

조기하 감독은 공을 코치들에게 넘겼다. 실제 박건호를 좋은 투수로 만들기 위해 고생한 건 투수 코치진이었다. 자신은 그저 한발 뒤로 물러나서 전체적인 틀을 짰을 뿐이다.

그러나 조기하 사단에 가장 늦게 합류한 탓에 조기하 감독의 진가를 제대로 알지 못했던 한창식 투수 코치의 얼굴에는 한가득 존경심이 피어올라 있었다.

"오늘 이런 시도가 없었다면 건호도 제대로 된 슬라이더를 던지지 못했을 겁니다. 우리가 흘린 거짓 정보들 덕분에 동일고등학교에서 방심해 준 덕도 있지만 본선 진출이 걸린 시합에서 패스트볼을 던지지 말라는 정신 나간…… 건 아니지만 어쨌든 대담한 지시를 내릴 수 있는 사람은 아마 감독님뿐일 테니까요."

경기 시작 전 조기하 감독이 박건호의 패스트볼을 봉인하자고 했을 때 한창식 투수 코치는 잘못 들었나 싶었다.

현재 박건호라는 투수의 가장 큰 무기는 누가 뭐래도 포심 패스트볼이다. 꾸준한 체력 훈련과 밸런스 훈련 덕분에 예전의 구속을 거의 되찾은 터라 동일 고등학교 주전 투수들을 상대로도 얼마든지 승산이 있다고 여겼다.

역설적으로 박건호에게서 패스트볼을 빼 버리면 던질 수 있는 공이 없었다. 세컨드 피치인 체인지업이 좋다고는 하지만 그것도 패스트볼이 동반될 때의 이야기였다. 패스트볼 없는 체인지업은 치라고 던져 주는 배팅볼이나 다름없었다.

패스트볼이 없는 상황에서 체인지업이 얻어맞지 않으려면 결국 슬라이더를 적극 활용해야 했다. 그러나 박건호는 슬라이더를 썩 좋아하지 않았다. 타자들과의 수 싸움을 위해 종종 사용하긴 하지만 슬라이더를 결정구로 던지는 경우는 거의 없었다.

슬라이더에 대한 자신감을 심어주기 위해 하리모토 코치는 여러 가지 방법을 시도했다.

그러나 딱히 효과를 본 게 없었다. 안승혁과의 라이브 피칭에서 슬라이더를 연거푸 얻어맞은 뒤로는 오히려 자신감마저 뚝 떨어져 버렸다.

오죽했으면 하리모토 코치가 슬라이더를 대체할 구종을 찾아보는 게 낫겠다고 말할 정도였다.

그런데 조기하 감독은 패스트볼을 묶는 방법으로 박건호의 슬라이더를 살려놓았다. 박건호의 슬라이더가 정체된 건 심리적인 문제가 아니라 의지의 문제라는 지적이 맞아떨어진 것이다.

그런 한창식 투수 코치의 시선이 부담스러워진 것일까.

"자랑할 일은 아니지만 나도 고등학교 때 어깨 부상을 당해 투구 폼을 바꾼 적이 있어."

조기하 감독이 나직이 과거를 털어놓았다.

"그땐 나도 건호처럼 패스트볼 하나에만 전력을 다했어. 예나 지금이나 스카우터들이 최고로 치는 건 패스트볼이니까 구속이 떨어지면 안 된다는 강박감에 사로잡혀 있었지. 그러다 보니까 어느 순간부터 내가 잘 던지던 변화구가 밋밋해지더라고."

"건호처럼요?"

"건호보다 더 심했지. 그 당시 내게는 하리모토 코치 같은 잔소리꾼이 없었으니까. 어쨌든 고민되는 일이었다. 패스트볼이 더 좋아져서 상대적으로 그렇게 보인 건지, 아니면 변화구에 대한 노력이 부족해서 그렇게 된 건지 몰랐으니까."

"그래서요?"

"그래서긴 뭐가 그래서야. 당연히 변화구의 감각을 끌어올리기까지 오래 걸렸지. 난 저 녀석처럼 난놈은 아니니까."

조기하 감독의 시선이 다시 박건호에게 향했다. 과거의 경험 때문에 겸사겸사 패스트볼을 금지하긴 했지만 설마하니 이렇게 빨리 감을 찾을 줄은 예상하지 못한 모양이었다.

"저 녀석…… 정말 천재일까요?"

덩달아 한창식 투수 코치의 시선도 뜨거워졌다. 마치 야구 만화의 주인공처럼 환경만 만들어주면 쑥쑥 성장하는 박건호가 그저 신기하기만 했다.

그사이 세명 고등학교의 4회 말 공격이 끝났다. 안상원과 심인섭, 이찬호가 배신자에게 복수하겠다며 이를 갈았지만 모두 범타로 물러났다.

얼마 전까지 이신영과 세명 고등학교 2선발 자리를 두고 다투던 송준욱의 공이 만만치 않았던 것이다.

"너희가 세명에서 소꿉장난하는 동안 나는 동일에서 피똥을 쌌다고."

송준욱이 당당히 마운드를 내려왔다. 그리고 그 자리에 다시 건호가 올랐다.

"준욱이 녀석, 제법이네."

건호의 시선이 더그아웃으로 들어가는 송준욱의 등판에 잠시 머물렀다. 동일 고등학교에 가서 고생깨나 하는 줄 알았는데 공을 던지는 걸 보니 기합이 단단히 들어가 있었다.

하지만 건호의 생각처럼 송준욱이 맘 편히 지내는 건 결코 아니었다.

세명 고등학교가 야구부 존립을 결정하면서 동일 고등학교로 자리를 옮긴 강성용과 안정수, 최기범, 송준욱의 입장이 난처해졌다.

동일 고등학교에서는 이들 선수를 다시 세명 고등학교로 돌려보내려 했다. 하지만 선수들이 강하게 반발하면서 협회에서 중재안을 제안했다.

전학은 허락하되 해당 일로부터 6개월간 출전을 정지한다.

결국 동일 고등학교는 중재안을 받아들였다. 그 결과 강성용을 비롯한 전학생들도 이번 대회 엔트리부터 이름을 올릴 수 있었다.

'박건호, 너 때문에 내 인생 엿 됐다. 그러니까 너도 엿 돼 봐라.'

송준욱은 박건호가 오늘 경기에서 탈탈 털리길 진심으로 바랐다. 3학년 주전들의 말처럼 이번 이닝에 10점을 내주고 콜드 게임으로 경기가 끝나길 기도했다.

타석에 들어온 4번 타자 이정혁도 송준욱과 같은 마음이었다.

'투구 폼을 바꾸면서 슬라이더 하나 건진 모양인데 나한테는 안 통한다.'

이정혁이 방망이를 단단히 움켜쥐었다. 그 모습이 건호의 눈에는 꼭 안승혁처럼 보였다.

'무식하게 힘만 센 놈들.'

건호가 살짝 미간을 찌푸렸다. 안승혁만큼은 못하지만 이정혁도 장타력은 서울 지역 선수들 중 첫손에 꼽힐 정도였다. 게다가 학교 운도 좋아서 벌써부터 1차 지명 이야기가 나돌고 있었다.

대한민국의 프로 야구 구단은 10개. 그중 1차 지명의 영광을 누릴 수 있는 선수는 단 10명뿐이다.

고등학교 졸업생은 물론이고, 대학교 졸업생, 해외 유턴파까지 얼굴을 들이미는 신인 드래프트에서 1차 지명을 받기란 하늘의 별 따기였다.

지나 버린 꿈에서는 안승혁은 물론이고 박건호조차 이루지 못한 일이었다.

건호는 그 영광스런 1차 지명을 고작 동일 고등학교 4번 타자라는 이유만으로 날름 처먹으려는 이정혁이 마음에 들지 않았다.

'니가 1차 지명이면 안승혁은 0차 지명이다, 인마.'

건호가 공을 단단히 움켜쥐었다. 그리고 안상원의 미트를 향해 힘껏 공을 내던졌다.

후아앗!

건호의 손끝을 빠져나간 공이 이정혁의 몸 쪽으로 깊게 날아들었다. 오죽했으면 이정혁조차 빈볼이라 확신하고 타석에서 한 발 물러나 버렸다.

하지만 마지막 순간에 예리하게 꺾인 공은 그대로 스트라이크존을 파고들었다.

"스트라이크!"

구심이 가볍게 오른손을 들었다. 이정혁이 놀란 눈으로 바라봤지만 구심의 표정은 달라지지 않았다.

'뭐야, 이건? 뭐 이런 걸 던지는 거야?'

이정혁의 얼굴에 절로 짜증이 번졌다. 벤치에서는 괜찮다고 신경 쓰지 말라고 사인이 나왔지만 조금 전 공은 슬라이더라서 치지 않은 게 아니라 치지 못한 것이었다.

등 뒤에서부터 시작한 공이 몸 쪽으로 날아드는데 눈 딱 감고 타석에 버티기란 결코 쉬운 일이 아니었다.

"후우……."

타석으로 복귀한 이정혁이 길게 숨을 골랐다. 초구를 통해 자신감을 가졌을 테니 박건호가 2구째도 슬라이더를 던져 올 것이라 여겼다.

그러나 안상원의 선택은 커브였다.

퍽!

이번에도 등 뒤에서부터 시작한 포물선이 바깥쪽 멀리 걸쳐 들어왔다.

"스트라이크!"

구심이 이번에도 손을 들었다. 이정혁이 말도 안 된다는 표정을 지었지만 구심은 아예 시선조차 주지 않았다.

'젠장할!'

이정혁의 표정이 딱딱하게 굳어졌다. 초구 슬라이더도 어처구니없었지만 2구째 커브도 짜증 나는 공이었다. 슬라이더에 정신이 팔려 있지 않더라도 쉽게 공략하기 어려운 코스를 절묘하게 파고들었다.

물론 박건호가 계속해서 이런 공을 던질 수 있을 것이라고는 생각하지 않았다. 그저 운 좋게 긁힌 게 틀림없었다. 그게 하필이면 자신의 타석에서 연달아 들어온 것뿐이었다.

'커브를 던졌으니까 이번에는 패스트볼이다.'

이정혁이 방망이를 힘껏 움켜쥐었다. 박건호가 패스트볼을 결정구로 쓰기 위해 2구째 커브를 던진 것이라고 확신했다.

실제로 안상원도 오늘 경기 처음으로 손가락 하나를 펼쳤다. 드디어 오늘 경기 처음으로 패스트볼을 던질 때가 왔다고 여겼다.

하지만 건호는 고개를 저었다.

'커브로 타이밍을 빼앗았다 해도 이정혁이야. 오늘은……
맞고 싶지 않다고.'

건호가 진지한 얼굴로 안상원을 바라봤다. 다행히 안상원
의 손끝에서 건호가 원하던 사인이 나왔다.

'좋아.'

건호는 기다렸다는 듯이 고개를 끄덕였다. 그리고 이정혁
의 몸 쪽을 향해 힘껏 공을 던졌다.

후아앗!

건호의 손끝을 빠져나온 공이 처음으로 곧게 날아들었다.
그런데 그 코스가 이정혁의 눈을 번뜩이게 만들었다.

'걸렸다……!'

이정혁은 망설이지 않고 방망이를 휘돌렸다. 작년, 바로 이
코스로 들어온 포심 패스트볼을 통타해 홈런성 2루타를 쳤던
기억이 머릿속을 가득 채웠다.

그때는 맞는 순간 홈런이라고 직감한 나머지 팔로우 스루
를 대충 했다. 그래서 비거리가 살짝 부족해 펜스를 직격하는
2루타로 끝나고 말았다.

하지만 이번에는 달랐다. 박건호에게 동일 고등학교의 악
몽을 되살려 주기 위해 기필코 담장을 넘겨 버릴 생각이었다.

후웅!

순식간에 허리를 빠져나온 방망이가 매서운 속도로 공을 향해 달려갔다. 그사이 10여 미터를 날아온 공이 이정혁의 배팅 존 안으로 겁도 없이 날아들었다.

'잘 가라, 박건호!'

마지막 순간 힘껏 허리를 내돌리며 이정혁이 씩 웃었다. 이대로 공이 맞기만 한다면 홈런은 문제없다고 여겼다.

그런데…….

"……!"

이쯤 되면 방망이에 걸려들어야 할 공이 점점 느려지기 시작했다. 그러더니 방망이 밑쪽으로 가라앉아 시야 밑으로 사라져 버렸다.

'체, 체인지업!'

이정혁이 뒤늦게 구종을 알아챘을 때는 이미 구심의 삼진 콜이 울린 뒤였다.

"크으윽!"

이정혁의 얼굴이 와락 일그러졌다. 그러자 대기 타석에 있던 강인찬이 어처구니없다는 얼굴로 말했다.

"잘한다. 어떻게 그걸 못 치냐?"

대기 타석에서 봤을 때 박건호의 3구 체인지업은 느려터진 공이었다. 2구째 커브가 들어왔다 하더라도 충분히 공략할 수 있는 공이었다. 그런데 그 공에 바보처럼 헛스윙을 했으니 그 저 웃음만 났다.

그러나 강인찬의 타석도 별반 다를 건 없었다.

초구 스트라이크가 바깥쪽에 아슬아슬하게 걸쳐 들어오며 스트라이크. 바깥쪽으로 날아드는 2구 체인지업을 건드렸다 가 파울. 그리고 3구째 몸 쪽으로 파고든 슬라이더에 방망이 를 내밀어 3루 땅볼.

뒤이어 타석에 들어선 심인수도 초구 바깥쪽 슬라이더를 잡아당겨 3루 앞 땅볼.

그렇게 반격의 서막이 될 것이라 기대했던 5회 초 동일 고 등학교의 공격도 삼자범퇴로 끝이 났다.

"야! 박건호! 너 일부러 나한테 보내나?"

더그아웃으로 돌아가며 3루수 한승렬이 불만스럽게 투덜 거렸다.

"그럴 리가. 기분 탓이야, 인마."

건호가 한승렬의 엉덩이를 툭 하고 때렸다. 오해라도 그런 기분 나쁜 오해는 사절이었다.

세명 고등학교 내야수들 중 한승렬의 수비력은 최하위권이 었다. 겨우내 훈련을 통해 성장하지 않았다면 3루 자리를 내 주고 지명타자로 출전해야 했을 정도였다.

그런데 일부러 한승렬에게 타구를 보내다니. 그건 경기를 말아먹자는 소리나 다름없었다.

하지만 6회에도 7회에도 3루 땅볼은 계속 나왔다. 가뜩이나 움직이는 걸 싫어하는 한승렬의 입에서 단내가 날 정도였다.

"아, 시팔! 그만 좀 보내라고오오!"

도망치듯 더그아웃으로 사라지는 박건호를 향해 한승렬이 버럭 악을 내질렀다. 덕분에 세명 고등학교 더그아웃은 웃음 폭탄이 터졌다. 반면 동일 고등학교는 진짜 폭탄이 터지기 일보직전이었다.

"김 코치."

"네, 감독님."

"전광판 좀 봐."

한민승 감독이 싸늘하게 중얼거렸다.

"죄송합니다."

김창열 코치는 할 말이 없었다. 명색이 타격 코치인 자신이 두 눈을 시퍼렇게 뜨고 지켜보는데 정작 타자들이 득점은커녕 안타 하나 때려내지 못하고 있으니 이 모든 게 그저 악몽처럼 느껴졌다.

그러나 죄송하다는 말 한마디로 이 상황이 해결되는 건 아니었다.

"방법을 찾아."

"네, 알겠습니다."

"오늘 경기 이겨야 해. 무슨 말인지 알지?"

한민승 감독의 눈매가 매섭게 변했다. 휘명 고등학교가 껄끄러운 건 동일 고등학교도 마찬가지였다. 휘명 고등학교와 부담 없이 경기를 치르려면 세명 고등학교를 기필코 잡아야 했다.

"방법을 찾겠습니다."

김창열 코치가 냉큼 고개를 숙였다. 그러고는 나승훈 수석 코치와 조창수 투수 코치를 붙잡고 구석으로 자리를 옮겼다.

"형님, 저 좀 살려줘요. 저 이러다 짤리겠어요."

김창열 코치가 나승훈 수석 코치를 바라보며 애원했다. 프로 경험은 물론이고 아마 야구 지도자 경험도 일천한 그가 동일 고등학교 타격 코치로 부임할 수 있었던 건 대학 선배이자 전임 타격 코치였던 나승훈 코치가 앞에서 끌어주었기 때문이었다.

지금 이 상황에서 김창열 코치가 믿을 수 있는 건 나승훈 코치밖에 없었다.

"조 코치, 어떻게 방법이 없겠어?"

나승훈 코치는 다시 조창수 코치를 바라봤다. 타자들이 박건호의 공에 단체로 헤매기 시작한 이유를 알려면 먼저 박건호의 투구부터 해부해 볼 필요가 있었다.

하지만 전문 전략 분석 팀을 가동하는 것도 아니고 쓱 보는 것만으로 박건호의 투구를 단정 짓기란 간단한 일이 아니었다. 아니, 그 정도 능력이 있었다면 고작 고교 야구판에서 더러운 꼴 보며 투수 코치 놀음을 하지도 않았을 것이다.

"일단 슬라이더의 궤적이 타자들의 눈에 보이는 것보다 공두 개 정도 꺾여 들어오는 것처럼 보입니다."

"타자들의 타구가 자꾸 먹히는 걸 봐서는 확실히 그럴 가능성이 높지."

"문제는 박건호가 우타자의 바깥쪽 코스를 노리기 시작했다는 점입니다. 초반까지만 해도 슬라이더는 주로 우타자 몸쪽을 찔러 들어왔는데 양 코너를 전부 활용하니 애들도 거르기가 쉽지 않을 겁니다."

"흠……."

"감독님께서도 말씀하셨지만 오늘 경기에서 박건호의 슬라이더에 적응하기란 불가능합니다. 이제 2이닝밖에 남지 않았으니 모험을 하기도 어렵고요."

"후우……."

"우리가 박건호를 너무 우습게 봤습니다. 박건호에 대해 조금 더 확실히 준비했다면 이렇게 허를 찔리는 일은 없었을 겁니다."

조창수 코치가 고개를 흔들었다. 냉정하게 말해 상황이 이렇게 꼬인 건 두 코치의 공이 컸다.

한민승 감독이 세 학교에 대한 전력 분석을 해놓으라고 지시했지만 나승훈 수석 코치와 김창열 코치는 세명 고등학교는 신경 쓸 필요가 없다며 여유를 부렸다.

한민승 감독에게 제출한 보고서도 세명 고등학교에서 전학 온 강성용의 말을 적당히 포장해 옮겨 적은 것에 불과했다.

물론 조창수 코치도 박건호가 이 정도로 호투를 펼칠 거라고는 예상하지 못했던 게 사실이었다. 본래 수준급 선수가 아니었고 투구 폼까지 변경했으니 더 망가지지나 않으면 다행이라 여겼다.

그러나 자신들이 무시했던 세명 고등학교의 투수는 조금 전까지 마운드 위에서 21개의 아웃 카운트를 여유롭게 잡아 냈다.

그것도 단 한 명의 선수도 루상에 내보내지 않은 채 말이다. 이런 상황에서 주먹구구식으로 대책을 세운들 그게 먹혀들 것 같지 않았다.

"그래서요? 그럼 이대로 지자는 말입니까?"

김창열 코치가 언성을 높였다. 오늘 경기가 이대로 끝나면 곤란해지는 건 자신뿐만이 아니었다. 조창수 코치도 세명 고등학교 타자들에게 5실점 한 것에 대한 추궁을 피하기 어려웠다.

"목소리 낮춰! 애들이 듣잖아!"

나승훈 코치가 김창열 코치를 꾸짖었다. 다른 사람도 아니고 코치의 입에서 패배와 관련된 말이 나온다는 건 있을 수 없는 일이다. 그런 코치는 더그아웃에 있을 자격이 없다.

그렇다고 조창수 코치의 말처럼 인과응보라 여기고 패배를 받아들일 수도 없는 노릇이었다.

"일단 최대한 포수 쪽으로 붙어 서라고 해. 크게 효과를 보긴 어렵겠지만 애들이 슬라이더의 궤적을 파악하는 데 도움은 되겠지."

"역시! 형님밖에 없습니다."

김창열 코치는 수비를 끝내고 들어온 4번 타자 이정혁에게 들러붙었다. 그리고 나승훈 코치가 알려준 팁을 전했다.

"뒤쪽에 서라고요?"

"그래, 내 생각에 슬라이더가 공 두 개 정도 더 꺾여 들어오는 거 같거든? 그러니까 최대한 뒤쪽에 서서 공을 지켜보라고. 알겠어?"

"네."

선두 타자로 타석에 들어선 이정혁은 김창열 코치의 지시대로 포수 쪽에 붙어 섰다. 그리고 2구째 흘러 나가려는 바깥쪽 슬라이더를 밀어쳐 3유간을 꿰뚫는 첫 안타를 만들어냈다.

3루수 한승렬이 빠르게 움직여 커트해 냈다면 잡아낼 수 있는 타구였지만 지금 당장 한승렬에게 그 정도의 수비 센스를 기대하는 건 무리였다.

"신경 쓰지 마. 이정혁이잖아."

마운드로 올라온 안상원이 건호를 달랬다. 어째서 이정혁에게 안타를 맞았는지 따지고 들면 끝이 없었다. 그렇게 따지면 패스트볼 없이 7이닝을 안타 없이 막아낸 것 자체가 말도 안 되는 일이었다.

"그래, 병살로 잡자."

건호도 이내 고개를 끄덕였다. 이정혁을 출루시키긴 했지만 얻어맞은 건 장타가 아니라 단타였다. 지난번처럼 펜스를 직격하는 어마어마한 타구를 내준 게 아니었다.

건호는 침착하게 5번 타자 강인찬을 유격수 플라이로 유도했다. 오늘 경기 처음으로 던진 포심 패스트볼에 강인찬의 방망이가 밀린 것이다.

"후우……."

내야를 벗어나지 못한 타구를 바라보며 한민승 감독이 무겁게 한숨을 내쉬었다. 동일 고등학교에서 장타를 기대할 수 있는 건 조용기와 이정혁, 강인찬 정도였다.

그런데 그 강인찬이 허무하게 죽어버렸으니 이정혁을 불러들이기가 쉽지 않을 것 같은 불안함이 들었다.

그런데 박건호가 초구에 던진 몸 쪽 슬라이더가 6번 타자

심인수의 유니폼이 스치면서 상황이 달라졌다.

1사 주자 1, 2루.

오늘 경기 처음으로 스코어링 포지션에 주자가 나간 것이다.

"대타 써."

"대타요?"

"그래, 좌타자로."

한민승 감독이 승부수를 던졌다. 앞서 안타를 친 이정혁처럼 좌타자가 타석에 들어선다면 어떻게든 점수를 쥐어짜 낼 수 있을 것 같았다.

"강성용! 대타다!"

선수 명단을 살피던 나승훈 수석 코치가 강성용을 호명했다. 현재 남은 3학년 선수들 중 좌타자는 강성용이 유일했다.

"성용아, 잘해라."

"건호 자식 박살 내버려!"

출전 선수 명단에 들지 못했던 안정수와 최기범이 진심으로 강성용을 응원했다. 여기서 강성용이 한 방 날려준다면 세명 고등학교 출신들에 대한 차별도 단숨에 사라질 것만 같았다.

강성용도 결연한 얼굴로 자리에서 일어섰다. 박건호와의 악연을 떠나 팀이 득점할 수 있는 절호의 기회였다.

동일 고등학교 주전으로 도약하기 위해서라도 기필코 2루 주자를 홈에 불러들어야만 했다.

"강성용, 지금 어떤 상황인지 알지? 쓸데없이 욕심 부리지 말고 1, 2루 간으로 당겨쳐라. 알았지?"

"넵, 코치님."

"바깥쪽 공은 버리고 몸 쪽으로 들어오는 걸 노리고……."

나승훈 코치가 강성용을 붙잡고 신신당부했다. 좌타자가 필요한 순간이긴 하지만 세명 고등학교 출신인 강성용을 대타로 쓴다는 건 상당한 모험이었다.

그런 나승훈 코치의 속내를 읽은 것일까.

"꼭 안타 치겠습니다!"

강성용도 보란 듯이 의지를 다졌다. 그의 두 눈에는 박건호의 공쯤은 언제든지 때려낼 수 있다는 자신감이 한가득 들어차 있었다.

"좋아, 강성용. 믿는다."

나승훈 코치가 강성용의 등을 팡팡 두드렸다. 이 정도 정신 자세라면 타석에서 사고를 쳐도 제대로 쳐 줄 것 같았다.

하지만 박건호는 저 혼자 살아보겠다고 친구들도 버리고 동일 고등학교로 떠난 강성용에게 얻어맞고 싶은 생각이 눈곱만큼도 없었다.

마음 같아선 봉인해 두었던 포심 패스트볼을 끌어내 강성용을 삼진으로 잡아내고 싶었다. 그러나 고작 삼진 정도로는 성에 차지 않을 것 같았다.

'강성용, 너한테는 땅볼이 딱이야.'

안상원도 박건호와 같은 생각이었다. 지금 이 상황에서 옛 동료인 강성용을 제대로 엿 먹일 수 있는 가장 확실한 방법은 병살타를 안겨주는 것뿐이었다.

'성용아, 동일 고등학교에 간 걸 두고두고 후회하게 해 줄게.'

안상원이 바쁘게 손가락을 움직였다.

구종은 포심 패스트볼. 코스는 바깥쪽.

몸 쪽 공을 노리고 있을 강성용의 허를 찌르자는 것이다.

박건호는 가볍게 고개를 끄덕였다. 그리고 눈으로 2루 주자 와 1루 주자를 차례로 견제한 뒤 안상원의 미트를 향해 힘껏 공을 내던졌다.

후앗!

바람 소리를 내며 날아든 공이 순식간에 홈 플레이트를 지 나가 버렸다.

하지만 강성용은 미처 방망이를 내밀지 못했다. 140㎞/h 초반쯤 되는 포심 패스트볼은 눈에 선명하게 들어왔지만 바 깥쪽 공을 버리라는 나승훈 코치의 지시가 몸을 억누른 것 이다.

'크으! 이걸 쳤어야 했는데.'

강성용은 애써 아쉬움을 되삼켰다. 대신 아무렇지 않은 얼굴로 방망이를 치켜들었다.

'초구가 바깥쪽이니 이번엔 몸 쪽이겠지.'

안상원의 볼 배합을 꿰고 있던 강성용이 평소보다 스탠스를 살짝 오픈시켰다. 그 순간.

후앗!

박건호의 슬라이더가 강성용의 몸 쪽을 예리하게 파고들었다.

'윽!'

강성용은 이번에도 방망이를 내밀지 못했다. 몸을 맞힐 것처럼 날아들다가 마지막 순간에 홈 플레이트 쪽으로 꺾여 들어가는 공을 끝까지 지켜보다 방망이를 휘두르기란 결코 쉬운 일이 아니었다.

다행히도 2구는 볼 판정을 받았다. 하지만 안상원은 불만을 표시하지 않았다.

'성용이 자식은 원 스트라이크 원 볼이 공격 타이밍이니까.'

강성용이 안상원을 아는 것처럼 안상원도 강성용을 잘 알고 있었다. 그래서 일부러 스트라이크가 아닌 볼을 요구했다. 평소처럼 강성용이 마음먹고 방망이를 휘두를 수 있도록 판을 깔아놓은 것이다.

'여기서 끝내자.'

안상원이 사인을 통해 의지를 전했다.

"좋아."

박건호도 군말 없이 고개를 끄덕거렸다.

'이번에는 몸 쪽 패스트볼.'

강성용 역시 3구를 예상하며 방망이를 들어 올렸다. 2구째 들어온 몸 쪽 공이 스트라이크가 됐다면 바깥쪽 유인구가 날아들었겠지만 볼이 된 이상 몸 쪽 공으로 카운트를 잡으러 들어올 가능성이 높아 보였다.

아니나 다를까.

후앗!

박건호의 손끝을 빠져나온 공이 몸 쪽으로 날아들었다.

'너희는 나한테 안 된다니까.'

강성용이 기다렸다는 듯이 방망이를 휘돌렸다. 박건호의 패스트볼은 초구 때 눈에 익혀둔 터라 스윙에 망설임이 없었다.

하지만 포심 패스트볼이라 확신했던 박건호의 공은 마지막 순간에 뚝 하고 가라앉아 버렸다.

'체인지업!'

강성용은 아차 싶었다. 그러나 방망이는 이미 가라앉는 공의 윗부분을 후려친 뒤였다.

따악!

둔탁한 소리와 함께 타구가 한 발자국 뒤에서 수비하고 있던 2루수 김일섭의 글러브 속으로 빨려 들어갔다.

글러브에서 재빨리 공을 빼낸 김일섭이 유격수 고상민에게. 2루를 밟은 고상민이 다시 1루수 안승혁에게.

4-6-3으로 이어지는 병살이 나오면서 기껏 잡은 동일 고등학교의 공격이 수포로 돌아가 버렸다.

"나이스 플레이!"

박건호는 침착하게 더블플레이를 성공시킨 2루수 김일섭에게 엄지를 추켜들어 보였다. 그리고 유격수 고상민과도 주먹을 부딪쳤다.

더그아웃에 들어가자 이번에는 선수들이 박건호에게 손바닥을 내밀었다.

"나이스 피칭!"

"잘했다, 박건호!"

박건호는 세명 고등학교 모든 선수와 기쁨의 하이파이브를 나누었다.

동일 고등학교를 상대로 무려 8이닝 무실점이었다. 이번 이닝에 첫 안타와 사사구를 내주긴 했지만 아직 한 점도 내주지 않았다는 사실이 박건호를 들뜨게 만들었다.

반면 한민승 감독의 얼굴은 싸늘하게 식어 있었다.

"후우……."

한민승 감독이 무겁게 한숨을 내쉬었다. 최소 두 점 정도는 쫓아갈 수 있을 거라 기대했는데 결정적인 순간에 나온 병살타 하나가 모든 걸 망쳐 버린 기분이었다.

"크으윽!"

더그아웃으로 돌아온 강성용은 보란 듯이 짜증을 터뜨렸다. 자신이 알고 있는 볼 배합대로라면 분명 패스트볼이 들어와야 했다. 그런데 느닷없이 체인지업이라니. 한때 친구라고 여겼던 박건호와 안상원에게 제대로 뒤통수를 맞은 기분이었다.

하지만 동일 고등학교 선수들은 강성용의 병살타를 우연이라 여기지 않았다. 위기에 빠진 친구를 구하기 위해 강성용이 일부러 2루 앞 땅볼을 때린 거라고 의심했다.

"무슨 말도 안 되는 소리를 하는 거야!"

누군가의 구시렁거림을 들은 강성용이 억울하다며 펄쩍 뛰었지만 그의 말을 믿어주는 선수는 거의 없었다.

한민승 감독조차 강성용을 빼고 조영기를 외야에 내보냈다. 수비 범위가 넓어 중견수 포지션까지 소화가 가능한 강성용보다 수비 능력이 형편없어 지명타자로 출전하는 조영기를 더 신뢰한 것이다.

'젠장! 빌어먹을!'

    그렇게 동일 고등학교의 주전이 되어 당당히 프로에 입성하겠다던 강성용의 계획은 물거품이 되고 말았다. 그리고 세명 고등학교는 강호 동일 고등학교를 5 대 3으로 꺾고 예선전 첫 승을 신고했다.

〈경기 결과〉

동일 고등학교(1패) 0 0 0 0 0 0 0 0 3 / 3
세명 고등학교(1승) 1 0 4 0 0 0 0 0 × / 5

승리투수 박건호 8이닝 1피안타 1사사구 무실점
MVP 안승혁 3안타 1홈런 5타점

6장
본선

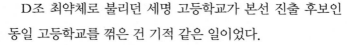

1

D조 최약체로 불리던 세명 고등학교가 본선 진출 후보인 동일 고등학교를 꺾은 건 기적 같은 일이었다.

동일 고등학교가 세명 고등학교를 얕잡아 보다 제대로 발목 잡힌 결과였지만 폐부 논란에 휩싸였던 세명 고등학교 입장에서는 기념비적인 경기가 아닐 수 없었다.

그러나 5 대 3이라는 스코어 때문일까. 세명 고등학교에 대한 재평가는 쉽게 이루어지지 않았다.

고교 야구 전문 신문인 '하이볼'은 세명 고등학교와 진일 고등학교의 맞대결을 두고 최하위 결정전이라는 표현을 썼다.

세명 고등학교가 운 좋게 동일 고등학교를 이기긴 했지만 진일 고등학교에게 패배할 경우 동일 고등학교-진일 고등학교-세명 고등학교가 1승 2패로 물리는 일이 벌어질 수도 있다는 것이었다.

하이볼의 전력 분석표에 따르면 세명 고등학교의 전력 등급은 여전히 D에 머무르고 있었다. B등급의 동일 고등학교를 물리쳤지만 눈곱만큼의 반향도 없었다.

2차전 맞상대인 진일 고등학교는 C, 3차전 상대인 휘명 고등학교는 A였다. 이 등급표대로 잔여 경기 결과가 결정된다면 휘명 고등학교가 3승으로 1위, 나머지 세 팀이 1승 2패로 공동 2위가 되는 상황이 벌어지게 된다.

대회 규정상 승패가 같을 경우에는 득실차를 따진다. 동일 고등학교처럼 전력은 좋으나 약체 팀을 상대로 후보 선수들을 테스트하다 발목 잡힌 팀들이 본선에 올라가지 못하는 걸 막기 위해 승자승보다 다득점을 우선시한 것이다.

이 경우 최대 복병은 역시나 휘명 고등학교였다. 하이볼 평가 등급 A. 스티브 코치의 자체 평가 등급 A에 빛나는 휘명 고등학교와 어떤 경기를 하느냐에 따라 득실차가 확연히 달라질 수 있었다.

"기분 나쁜 기사이긴 하지만 틀린 말은 아냐."

최인석 코치가 쓰게 웃었다. 휘명 고등학교와 맞붙었을 때

가장 많은 실점을 기록할 팀은 세명 고등학교일 가능성이 높았다.

본래 세명 고등학교의 선발진은 박건호-이신영-송준욱 순서였다. 객관적인 실력은 다들 비슷비슷했지만 체격 조건이 좋고 긁히는 날은 수준급 공을 던지는 박건호가 1선발이었고 이신영과 송준욱은 박건호가 등판하지 않는 경기를 나눠 던지기로 전임 최병철 감독 시절에 정리가 된 상태였다.

그런데 2, 3선발을 맡아줘야 할 송준욱이 동일 고등학교로 가버리면서 선발진에 구멍이 났다. 2, 3학년 투수를 통틀어 6명뿐이었는데 선발이 가능한 송준욱이 빠져 버렸으니 휘명 고등학교전에 내보낼 투수가 없는 상태였다.

만약 진일 고등학교에 패배하면, 세명 고등학교의 본선 진출은 물 건너갔다고 봐야 했다. 경우의 수를 다 따져 봐야겠지만 강호 동일 고등학교를 잡아내고도 D조 최하위라는 성적표를 받게 될지 몰랐다.

하지만 조기하 감독은 걱정할 거 하나 없다는 표정이었다.

"진일고만 잡아내면 됩니다. 그다음 일은 그때 가서 걱정하도록 하죠."

조기하 감독과 코칭스태프는 곧바로 진일 고등학교 정밀 스캐닝에 들어갔다. 분석이야 진즉 끝이 났지만 어떻게든 내일 경기를 이기기 위해서 진일 고등학교의 전력을 해부하기 시작한 것이다.

"유격수 포지션이 약한데요? 기록된 실책은 3개인데 기록되지 않은 실책이 상당합니다. 수비 범위도 좁은 것 같고요."

"외야수들이 전체적으로 어깨가 약해 보입니다. 그러다 보니 송구 정확도도 떨어지고요. 2루 상황에서 안타가 나오면 홈을 적극적으로 파고드는 것도 좋을 것 같습니다."

"아마 선발은 에이스 주성훈이 나오겠죠. 패스트볼이 148까지 나오지만 패스트볼 슬라이더 투 피치 타입이니까 공략하지 못할 정도는 아니라고 생각됩니다."

"주성훈 1회 실점률이 높은 거 보셨죠? 1회에 어떻게든 점수 뽑아내면 승산이 있을 거 같습니다."

확실히 코치가 많은 건 좋았다. 세명 고등학교에 배정된 코치진뿐만 아니라 세명 대학교 코치들까지 달라붙어 진일 고등학교를 털어대니 왕건이까진 아니어도 자잘한 잡티가 수도 없이 쏟아져 나왔다.

덕분에 진일 고등학교의 무난한 승리가 예상됐던 2차전도 세명 고등학교가 가져갔다.

최종 스코어는 10 대 8. 모두의 예상대로 난타전이 펼쳐졌다.

먼저 마운드에 오른 세명 고등학교의 선발 투수 이신영은 5이닝 5실점으로 기대에 못 미치는 투구를 했다. 포심 패스트볼이 전체적으로 높게 제구되면서 무려 9개의 안타를 허용하고 말았다.

뒤이어 등판한 2학년 송인국과 한인우도 2점씩을 헌납하며 한때 9 대 8, 한 점 차까지 쫓기는 상황이 연출되기도 했다.

하지만 어깨 부상으로 인해 마무리 투수로 전향한 3학년 강만희가 8회 초 2사 1, 3루 상황을 막아낸 데 이어 9회 초도 삼자범퇴로 틀어막으며 세명 고등학교의 승리를 지켜주었다.

진일 고등학교 에이스 주성훈은 3회 만에 무너졌다. 1회 말 안승혁에게 3점포를 얻어맞고 주춤거리더니 3회 말에 안승혁에게 3타점 싹쓸이 2루타까지 내주며 그대로 주저앉아 버렸다.

2.2이닝 10피안타 7실점.

주성훈 야구 인생 최악의 날이었다.

경기 MVP는 이번에도 안승혁의 몫이었다. 1회에 3점포를 시작으로 3회 2루타, 5회 안타, 6회 사사구로 출루하더니 8회 말 승부에 쐐기를 박는 솔로포를 때려내며 탈고교급 활약을 펼쳤다.

고작 고교 야구 예선전이라 3루타가 빠진 사이클링 히트니, 한 경기 두 개의 홈런포니 하는 기사는 나오지 않았지만 휘명 고등학교 김인한 감독이 예선전에서 가장 눈여겨본 선수로 안승혁을 꼽을 만큼 한껏 주가를 드높였다.

"젠장. 이 아저씨는 내 경기 안 본 거야?"

김인한 감독의 인터뷰 내용을 확인한 건호가 입술을 삐죽거렸다. 자신도 동일 고등학교를 상대로 8이닝 무실점 호투를 펼쳤는데 김인한 감독은 처음부터 끝까지 안승혁만 찾았다.

눈여겨본 선수도 안승혁이고 기대되는 선수도 안승혁이었다. 심지어 세명 고등학교에서 가장 경계해야 하는 선수도 안승혁이었다.

"넌 오늘 불펜 대기잖아. 그러니까 별말 없는 거지."

고상민이 삐칠 것도 많다며 한마디 했다. 변화구 위주로 던졌다 해도 박건호의 1차전 투구 수는 90구에 달했다. 말이 좋아 불펜 대기지 박건호가 오늘 경기에 투입될 가능성은 0에 가까웠다. 김인한 감독이 박건호를 전력 외로 여기는 것도 무리는 아니었다.

하지만 선발 투수로 내세운 2학년 장진수가 일찌감치 무너지고 5회 콜드 게임의 위기가 찾아오자 조기하 감독은 망설이지 않고 박건호를 호출했다.

9 대 3. 1사 주자 만루.

타석에는 휘명 고등학교의 4번 타자 황찬성이 들어와 있었다.

선발 장진수는 오늘 황찬성에게 2루타 2개를 허용했다. 분위기상 황찬성을 막아내지 못할 가능성이 컸다. 휘명 고등학교 더그아웃에서도 조기하 감독이 투수를 교체할 것이라고 예상했다.

하지만 에이스라는 박건호를 내세울 줄은 몰랐다.

"박건호에 대한 자료 있나?"

"여기 있습니다."

박건호가 연습 투구에 들어간 동안 김인한 감독이 박건호의 자료를 살폈다.

투구 폼 교정 전까지 최고 구속 145㎞/h의 포심 패스트볼과 130㎞/h 전후의 체인지업을 구사한 투 피치 투수. 그 외 슬라이더와 커브도 구사하긴 하지만 못 봐줄 정도라는 게 간략한 내용이었다.

"저런 투수를 왜 올렸지?"

김인한 감독이 이해할 수 없다는 표정을 지었다. 박건호가 동일 고등학교를 상대로 8이닝 무실점 호투를 펼쳤다는 이야기는 들었다. 하지만 그건 어디까지나 동일 고등학교가 방심하다 뒤통수를 맞은 결과였다.

김인한 감독은 동일 고등학교가 경기 초반부터 전력을 다했다면 세명 고등학교 따위에게 먼저 점수를 내주고 끌려가는 일 따위는 없었을 거라 단언했다. 그렇다 보니 박건호의 등판이 썩 마음에 들지 않았다.

"세명 고등학교에 좌완 투수가 부족하니까 일단 박건호를 올린 모양입니다."

장기석 투수 코치가 멋쩍게 웃으며 말했다. 세명 고등학교가 보유한 좌완 투수라고는 3학년 박건호와 2학년 송인국, 1학년 조일창뿐이었다. 큰 것 한 방이면 경기가 끝나는 상황에서 2학년이나 1학년 투수를 올릴 수는 없는 노릇이었다.

그러나 김인한 감독은 그래 봐야 달라질 게 없다고 잘라 말했다.

"그래도 명색이 에이스잖아? 그럼 좀 더 관리를 해줘야지. 동일 고등학교전에 90개 가까이 던진 투수를 사흘 만에 이런 상황에서 올린다는 건 투수 혹사라고. 내가 조기하라는 사람을 잘못 봤어."

동일 고등학교 못지않게 선수층이 두터운 휘명 고등학교는 거의 프로 수준으로 선수들을 관리해 왔다. 특히나 선발 자원은 투구 수에 비례해 휴식일을 꼭 챙겨줬다. 설사 위기 상황에 처하더라도 휴식 중인 투수를 끌어 쓰는 일은 없었다.

그런데 대학 야구 최고의 명장이라 불리던 조기하 감독이 사흘 만에 박건호를 출전시키다니. 선수 관리에 대한 기준도 없는 팀과 1, 2위 싸움을 해야 한다는 사실이 수치스러울 정도였다.

'저 정도 평범한 공으로는 찬성이를 이기지 못해.'

김인한 감독의 못마땅한 시선이 박건호에게 향했다. 때마침 박건호의 초구 슬라이더가 황찬성의 몸 쪽을 날카롭게 파고들고 있었다.

따악!

황찬성이 기다렸다는 듯이 방망이를 휘돌렸다. 하지만 몸 쪽에 꽉 차게 붙여 넣은 덕분에 타구는 1루 측 파울라인 바깥으로 휘어져 나가 버렸다.

"저건 뭐지?"

"슬라이더 같은데요."

"저게 그 슬라이던가? 패스트볼 대신 던졌다는?"

"네, 이렇게 보니까 제법인 거 같습니다."

장기석 투수 코치가 감탄하듯 말했다. 황찬성이 작심하고 때렸는데 파울라인을 벗어났다는 건 그만큼 무브먼트가 좋았다는 이야기다.

"저 정도 슬라이더는 아무나 다 던질 수 있다고."

김인한 감독이 퉁명스럽게 받았다. 쓸 만한 공이 하나 들어왔다고 해서 박건호를 재평가할 마음은 없었다. 그런데.

파앙!

박건호가 2구째 내던진 공이 순식간에 홈 플레이트를 스쳐지나 포수 미트에 처박히자 장기석 코치는 물론이고 김인한 감독조차 놀란 토끼 눈이 되어버렸다.

"뭐, 뭐야?"

"패스트볼인 거 같은데요?"

"저게 박건호의 패스트볼이라고?"

김인한 감독이 다시 손에 든 파일을 살폈다. 기록상 박건호의 포심 패스트볼 최고 구속은 145㎞/h. 이 정도면 평균 140㎞/h대 초반에서 논다는 소리나 마찬가지였다.

하지만 조금 전 바람 소리와 함께 사라져 버린 공은 적어도 150㎞/h 이상이었다.

"대체 뭘 조사한 거야!"

김인한 감독이 신경질적으로 파일을 구겼다.

파일상 박건호는 덩치만 큰 평범한 좌완 투수에 불과했다. 하지만 직접 눈으로 본 박건호는 150㎞/h 대의 빠른 패스트볼과 수준급 슬라이더를 갖춘 좌완 파이어볼러였다.

이 정도면 휘명 고등학교 에이스 고우신에 붙여 봐도 손색이 없을 것 같았다.

"크윽."

타석에 들어선 황찬성도 질근 입술을 깨물었다. 설마하니 박건호가 이토록 빠른 공을 던질 거라고는 예상하지 못한 얼굴이었다.

"후우……."

황찬성은 길게 숨을 골랐다. 초구 슬라이더도 놀라웠지만 2구째 포심 패스트볼은 너무 순식간에 지나가 버렸다.

그나마 다행인 건 공이 높아 볼 판정을 받았다는 점이다.

'하나 더 들어올 거야.'

황찬성이 방망이를 단단히 움켜쥐었다. 그 순간.

후앗!

박건호의 손끝에서 튕겨져 나온 공이 황찬성의 몸 쪽을 단숨에 파고들었다.

후웅!

황찬성도 지지 않고 방망이를 휘둘렀다. 그러나 타이밍이 늦었다.

퍼엉!

묵직한 포구 소리가 황찬성의 귓불을 울렸다.

"크윽!"

황찬성의 입에서 신음이 터져 나왔다.

"찬성아! 찬성아!"

홍기태 타격 코치가 황찬성을 불렀다. 그리고 침착하게 공을 지켜보라고 당부했다.

1사 주자 만루 상황이었다. 여기서 4번 타자 황찬성이 해결해 주지 못한다면 경기 흐름이 꼬일 수 있었다.

황찬성도 다시 한번 이를 악물었다.

'이번에는 반드시 친다!'

황찬성은 머릿속으로 3구째 포심 패스트볼을 떠올렸다. 볼

카운트가 유리해졌으니 박건호가 또다시 포심 패스트볼로 승부를 걸어올 것이라 확신했다.

하지만 안상원은 고작 황찬성의 승부욕을 만족시키기 위해 포심 패스트볼을 요구할 생각이 없었다.

'건호야, 여기서 끝내야 해.'

안상원이 조심스럽게 손가락을 움직였다.

박건호는 침착하게 첫 번째 위장 사인과 두 번째 위장 사인을 걸렀다. 그리고 세 번째 사인을 확인한 뒤 고개를 끄덕였다.

'6점 차야. 여기서 한 점만 더 내주면 콜드 게임이라고.'

대회 규정상 5회 이후 10점 차, 7회 이후 7점 차가 날 경우에 콜드 게임이 성립된다.

휘명 고등학교의 4번 타자인 황찬성과 승부를 보고 싶은 마음이 없다면 거짓말이겠지만 팀을 위해서라도 여기서 흐름을 확실히 끊어놓아야 했다.

"후우……."

천천히 숨을 고른 뒤 박건호가 있는 힘껏 투수판을 박차고 나갔다.

후앗!

박건호의 손끝을 떠난 공이 또다시 황찬성의 몸 쪽으로 날아갔다. 그 순간.

'왔다!'

황찬성의 눈이 번뜩였다. 그와 동시에 방망이가 매섭게 돌아갔다.

볼카운트를 떠나 1사 주자 만루 상황이다. 에이스급 투수라면 어정쩡한 변화구를 던져 얻어맞는 것보다 포심 패스트볼로 승부를 보려 할 거라 예상한 게 정확하게 맞아떨어졌다고 여겼다.

그러나 정작 공은 마지막 순간 뚝 하고 가라앉아 버렸다.

체인지업.

당황한 황찬성이 어떻게든 맞혀보겠다고 방망이를 쭉 내밀어 봤지만 타구는 2루수 정면으로 데굴데굴 굴러가고 말았다.

조금 깊이 수비하고 있던 2루수 김일섭이 달려 나와 공을 받은 뒤 유격수 고상민에게 토스했다.

순간 1루 주자가 고상민의 정강이를 향해 거칠게 슬라이딩을 했지만 고상민은 눈 하나 까딱하지 않았다. 가볍게 점프해서 태클을 피한 뒤 1루수 안승혁의 글러브를 향해 정확하게 공을 내던졌다.

"아웃!"

2루심에 이어 1루심마저 아웃을 선언하면서 휘명 고등학교의 5회 말 공격은 허무하게 끝이 났다.

반면 위기를 탈출한 세명 고등학교는 기세를 올렸다. 박건호가 마운드를 내려간 이후에도 휘명 고등학교와 끝까지 맞서며 9회까지 겨루는 데 성공했다.

물론 경기는 휘명 고등학교의 승리로 끝이 났다.

최종 스코어는 14 대 8.

양 팀 합계 28개의 안타를 주고받는 난타전이었다.

경기 MVP는 황찬성이 차지했다. 중간에 한 차례 박건호에게 농락당하긴 했지만 홈런 포함 4안타 5타점의 맹활약으로 팀을 승리로 이끌었다는 점이 높게 평가됐다.

세명 고등학교 4번 타자 안승혁도 황찬성 못지않은 활약으로 보는 이들의 눈을 즐겁게 해주었다.

경기 전 김인한 감독이 세명 고등학교에서 유일하게 경계할 만한 선수로 꼽았던 것처럼 6회 초와 8회 초 연타석 콜드게임 거부 투런포를 때려내면서 팀의 공격을 이끌었다.

하지만 경기가 끝난 후 휘명 고등학교 김인한 감독의 시선은 황찬성도, 안승혁도 아닌 박건호를 향해 움직였다.

그러다 박건호의 뚱한 표정을 보고는 자신도 모르게 웃음을 터뜨렸다.

"저 녀석, 재미있네."

"뭐가 말입니까?"

"기분 나쁜 거야. 우리한테 진 게."

"예에?"

"자기가 나왔으면 충분히 이길 수 있었다, 그런 거겠지."

장기석 코치는 '설마요' 하는 표정을 지었다. 박건호가 황찬성을 더블플레이로 잡아내긴 했지만 휘명 고등학교와 세명 고등학교의 전력 차이는 상당했다.

게다가 에이스 고우신을 아낀 건 휘명 고등학교도 마찬가지였다. 고우신이 나왔다면 세명 고등학교에게 8점이나 헌납하는 일도 일어나지 않았을 것이다.

그러나 김인한 감독은 강팀을 상대로도 주눅 들지 않는 박건호가 마음에 들었다.

"에이스라면 저런 맛이 있어야지."

박건호는 관중과 세명 고등학교 응원단에 가볍게 인사한 뒤에 경기장을 빠져나갔다. 그 모습을 끝까지 지켜보던 김인한 감독은 이내 뭔가를 결심한 듯 고개를 주억거렸다.

3일 차 경기가 끝나면서 D조의 본선 진출 팀에 대한 윤곽은 어느 정도 그려진 상태였다.

1위는 진일 고등학교와 세명 고등학교를 잡고 2승을 거둔 휘명 고등학교였다. 그리고 2위는 2승 1패를 거둔 세명 고등학교가 차지했다.

하지만 휘명 고등학교와 세명 고등학교가 무조건 본선에 진출할 거란 보장은 없었다. 앞선 경기에서 진일 고등학교를 대파한 동일 고등학교가 마지막 경기에서 휘명 고등학교를 잡아낸다면 세명-휘명-동일이 2승 1패로 물리는 상황이 벌어지기 때문이다.

오늘 경기 전까지 김인한 감독은 세명 고등학교보다 동일 고등학교의 본선 진출을 바랐을 것이다. 고교 야구계의 수준을 위해서라도 세명 고등학교보다는 동일 고등학교가 백번 낫다고 여겼다. 그래서 여차하면 동일 고등학교를 밀어줄 생각도 가지고 있었다.

하지만 박건호의 피칭을 본 이후로는 마음이 달라졌다. 박건호가 얼마나 대단한 보석인지 확인하기 위해서라도 세명 고등학교를 꼭 본선에 올려 보내고 싶어졌다.

"장 코치, 우신이에게 가서 전해. 내일 경기 결과에 따라 에이스가 바뀔지도 모른다고."

김인한 감독이 나직이 중얼거렸다. 장기석 코치가 놀란 얼굴 바라봤지만 김인한 감독은 눈 하나 까딱하지 않았다. 농담으로 한 말이 아니라 진심이란 소리였다.

"아, 알겠습니다."

장기석 코치가 냉큼 고개를 숙였다. 그러고는 고우신을 찾아 황급히 걸음을 옮겼다.

그로부터 이틀 뒤.

에이스 자리를 위협받은 고우신이 7이닝 4피안타 1실점으로 동일 고등학교 타선을 잠재우며 휘명 고등학교가 전승으로 본선 진출을 확정지었다.

아울러 세명 고등학교도 6년 만에 대통령배 고교 야구 대회 본선에 오르게 됐다.

D조 결과

1위 휘명 고등학교 3승 〈본선 진출〉

2위 세명 고등학교 2승 1패 〈본선 진출〉

3위 동일 고등학교 1승 2패

4위 진일 고등학교 3패

2

다시 한 달이라는 시간이 훌쩍 지났다. 세명 고등학교 선수들의 얼굴이 하나같이 새까맣게 타 있었다.

"젠장, 이건 타도 너무 탔잖아."

고상민이 거울을 보며 투덜댔다. 가뜩이나 가무잡잡한 피부라 연탄 소리를 들었는데 요즘은 아예 흑형이라 불릴 정도였다.

"그럼. 딱 나 정도가 좋지, 인마. 넌 너무 갔어."

무릎을 굽히고 있던 고상민의 머리 위로 박건호가 불쑥 얼굴을 내밀었다. 지난겨울까지만 해도 희멀겋던 박건호의 얼굴도 지난 한 달간의 고된 훈련 덕분에 적당히 그을린 구릿빛 피부로 변해 있었다.

그러자 고상민이 고개를 들어 박건호의 턱을 받아버렸다.

"이 자식이!"

"크윽! 야! 혀 깨물 뻔했잖아!"

"그러니까 누가 놀리래?"

"이 자식이 그래도 그렇지 어디 형님을 들이받아?"

"누가 형님이야? 키 빼고는 볼 것도 없는 게."

"뭐, 인마? 네가 봤어?"

"봐야 아냐? 원래 너같이 허우대만 멀쩡한 놈들이 실속이 없어요, 실속이. 나처럼 적당한 애들이 원래 인마, 끝내주는 법이라고."

고상민이 크리스티아누 호날두라도 되는 것처럼 당당히 허리춤을 들어 올렸다. 하지만 시야 차이 때문인지 자랑할 만큼 대단한 느낌은 들지 않았다.

"뭐냐, 너. 있긴 한 거냐?"

"이 자식이? 한 번 까봐?"

"나중에 여친한테나 까라. 뭐 생길지는 모르겠지만."

"뭐래? 나 수연이하고 사귀는 거 모르냐?"

"아…… 너 아직도 사귀냐?"

"뭐야, 왜 그래? 너 혹시…… 뭐 이상한 이야기라도 들은 거야?"

순간 고상민의 표정이 진지해졌다. 반응을 보아하니 고상민도 뭔가 들은 게 있는 모양이었다.

'이걸 말을 해줘야 하나……'

박건호는 잠시 갈등했다. 10년짜리 꿈에서 고상민은 이수연과 헤어진다. 그것도 아주 더럽게. 고등학교 때부터 소문이 자자했던 이수연의 남성편력이 결국 제대로 터져 버린 것이다.

그 때문인지는 몰라도 위즈의 백업 내야수로 나름 쏠쏠히 활약하던 고상민은 2군을 전전하다 박건호보다 먼저 야구복을 벗었다. 그리고…… 기억 속에서 사라져 버렸다.

물론 꿈이니까 실제로는 다를 수도 있었다. 작년 이맘때쯤 둘이 만났으니 아직은 뭐든 속단하기 이르다.

하지만 만약 그 10년짜리 꿈이 자신뿐만 아니라 고상민에게도 통용되는 예지몽이라면…… 돌려서라도 말을 해줘야 할 것 같았다.

"너 수연이 좋아하냐?"

"좋아하니까 만나지. 왜? 뭔데?"

"그럼 잘 만나라. 대신 결혼은 하지 말고."

"……뭐?"

"솔직히 수연이가 야구 선수 뒷바라지해 줄 스타일은 아니잖아. 안 그래?"

한 살 어린 이수연은 세명 고등학교에서도 얼짱으로 인기가 자자했다.

스스로도 대놓고 연예인을 하겠다고 떠들어 댈 정도로 외모에 대한 자부심이 넘쳤다. 그런 이수연이 야구 선수치고는 평범한 고상민과 사귄다는 것 자체가 의외일 정도였다.

고상민은 자신의 숨겨진 잘생김에 이수연이 반한 거라고 말했다. 그러나 나중에 알게 된 비하인드 스토리는 처절하기만 했다.

돈이 없을 때는 몸으로 때우고, 돈을 번 다음에는 돈으로 때우고.

이수연 인생에 고상민은 말 그대로 호구 남친이었고 호구 남편이었다. 고상민을 마지막까지 철저하게 벗겨먹다가 버렸다.

'너 지난번에 발목 다친 것도 이수연 개 때문이잖아.'

차마 내뱉지 못한 말이 박건호의 입안을 맴돌았다. 그 표정을 본 것일까.

"후우……."

고상민도 이내 무거운 한숨을 내쉬었다.

그때였다.

"뭐야? 뭐가 이렇게 심각해?"

샤워를 마친 안승혁이 상의를 탈의한 채 다가왔다. 스티브 코치의 조언대로 웨이트 트레이닝에 몰두해서인지는 모르겠지만 야구복에 가려졌던 근육들이 아주 공격적으로 도드라져 있었다.

"이참에 야구 때려치우고 에로 배우로 전직하자."

고상민이 언제 그랬냐는 듯 장난을 걸었다.

"왜 하필 에로 배운데?"

"그야 넌 몸만 보기 좋으니까."

"젠장, 할 말 없게 만드네."

안승혁이 미간을 찌푸렸다. 그러고는 팔을 쑥 뻗어 박건호의 팔뚝을 만졌다.

"건호 너도 근육 좀 붙었다? 너 원래 물근육이었잖아."

"언제 적 소릴 하는 거냐? 지난번에 하리모토 코치님 이야기 못 들었어? 체지방률은 내가 이 자식보다 낮다고."

"그건 나 부상 때문에 제대로 훈련 못 할 때 측정한 거고. 지금 재보면 다를걸?"

"시끄럽고 얼른 나가자. 지금쯤이면 대진 추첨 결과 나왔겠다."

3학년 주전 트리오라는 이유로 가장 늦게까지 샤워를 했던 박건호와 고상민, 안승혁이 회의장으로 들어갔다. 그러자 하리모토 코치가 늦었다며 눈치를 주었다.

"야, 결과 나왔어?"

고상민이 안상원의 옆에 앉으며 물었다.

"지금 딱 세 자리 남았는데…… 셋 다 별로야."

"어디 어디인데?"

고상민의 시선이 큼지막한 화이트보드 쪽으로 향했다. 그 곳에는 본선에 진출한 학교들의 이름이 빽빽하게 적혀 있었다.

가장 먼저 들어온 빈자리 옆으로는 경남 지역 학교인 마창 고등학교가 붙어 있었다. 그다음 빈자리 옆에는 호남 지역 쌍두마차인 광일 고등학교가 자리 잡고 있었고 마지막 빈자리 옆에는 휘명 고등학교 못지않은 덕승 고등학교가 떡하니 이름을 올려놓고 있었다.

"마창고 괜찮네."

고상민이 대수롭지 않게 말했다. 단순히 세 학교의 이름값만 놓고 보자면 마창 고등학교 옆에 붙는 게 최선이었다. 본선에 진출한 학교들 중 만만한 팀은 없다지만 그래도 마창 고등학교라면 해볼 만한 상대였다.

그러자 안승혁이 한숨을 내쉬며 말했다.

"멍청아, 그다음 라운드는 안 보냐?"

"다음 라운드?"

"마창고 이기면 신인고라고."

"헉. 그 신인고?"

고상민이 화등잔만 해진 눈으로 눈을 돌렸다. 마창 고등학교 바로 옆에는 서울 지역 최강팀인 신인 고등학교와 강원 지역 명문 강운 고등학교가 나란히 붙어 있었다.

강운 고등학교도 최선을 다하겠지만 전력상 신인 고등학교가 다음 라운드 상대가 될 가능성이 높았다.

그렇다고 광일 고등학교나 덕승 고등학교를 꺾고 올라가는 것도 쉬운 일은 아니었다.

"젠장, 뭐가 이러냐."

"그러게. 그래도 8강까진 기대했는데…….."

선수들의 입에서 절로 한숨이 흘러나왔다. 바로 그때.

"아, 네. 알겠습니다."

핸드폰을 쥐고 있던 장기석 코치가 세명고라는 명패를 들었다. 그리고 마창 고등학교 옆에 가져다 댔다.

딸깍.

자석과 철판의 접합 소리와 함께 세명 고등학교의 운명은 결정됐다.

1라운드(32강전) 상대는 마창 고등학교.

2라운드(16강전) 상대는 신인 고등학교.

"자, 자. 이제 다들 봤으니까 정신 차리고 훈련하자."

무거워진 분위기를 환기시키듯 이승범 코치가 크게 소리

쳤다.

마창 고등학교전까지 남은 시간은 겨우 5일뿐이었다. 그 전에 조금이라도 부족한 부분을 채워놓아야 했다.

"으아, 미치겠네. 그럼 내가 신인 고등학교전에 나가는 거야?"

자리에서 일어나며 이신영이 머리를 잡아 뜯었다. 박건호가 마창 고등학교전에 선발 등판할 테니 그 경기에서 이긴다면 신인 고등학교전은 자신이 나설 수밖에 없다고 여겼다.

하지만 대진표 추첨을 마치고 돌아온 조기하 감독의 생각은 달랐다.

"스티브, 우리가 마창 고등학교를 이길 확률이 얼마나 돼?"

"글쎄요. 자료를 새로 보강해야겠지만 지금까지 정보만 놓고 봤을 때 80퍼센트 정도는 됩니다."

"박건호가 선발로 나왔을 때?"

"네."

"이신영을 선발로 쓰면?"

"농담이죠?"

"쓸데없는 소리 말고 대답부터 해."

"후우……. 그렇다고 해도 60퍼센트 정도는 될 겁니다. 승혁이가 있으니까요."

"60퍼센트라."

조기하 감독이 고개를 주억거렸다. 그러고는 상대 팀을 바꿔 다시 물었다.

"우리가 신인 고등학교를 이길 확률은?"

"이것도 진심입니까?"

"시간 없어, 스티브. 빨리 계획을 짜야 한다고."

"후우……. 일단 이신영이 선발로 나간다면 20퍼센트 미만입니다. 하지만 박건호가 선발로 나간다면 40퍼센트 정도는 될 겁니다."

20퍼센트든 40퍼센트든 세명 고등학교가 신인 고등학교를 꺾고 8강에 진출할 가능성은 낮았다. 하지만 조기하 감독은 2배로 높아진 확률에 집중했다.

"마지막으로 물어보지. 우리가 정말 최선을 다한다면, 가능성을 50퍼센트까지 높일 수 있을까?"

조기하 감독의 뜨거운 시선이 스티브 코치에게 향했다. 자연스럽게 스티브 코치의 입에서 한숨이 흘러나왔다.

전력 분석 코치로서 1차전은 박건호로 가는 게 안전했다. 이신영을 내보냈을 때 승률은 60퍼센트 정도에 불과했다. 마창 고등학교가 분위기를 타면 경기 결과가 그대로 뒤집힐 수 있었다.

그러나 조기하 감독은 2라운드, 그 이상을 바라보고 있었다. 말을 하진 않았지만 내심 신인 고등학교를 꺾고 싶다는 욕심을 가진 게 틀림없었다.

"왜 그래요? 신인 고등학교 감독이 뭐라고 하던가요?"

스티브 코치가 답답한 마음에 물었다. 그러자 조기하 감독이 기다렸다는 듯이 입을 열었다.

"2라운드에 메이저 리그 스카우터가 온다더군. 강승현을 보기 위해서."

"……!"

"난 우리 애들이 강승현 쇼케이스의 희생양이 되길 원치 않아."

조기하 감독이 낮게 으르렁거렸다. 현존 고교 야구 최고 투수인 강승현을 보기 위해 메이저 리그 스카우터들이 한국에 오는 건 어제오늘의 일이 아니었다.

하지만 강승현을 돋보이게 만들기 위해 지난 몇 개월간 힘들게 훈련해 온 선수들을 들러리로 세울 생각은 눈곱만큼도 없었다.

그건 스티브 코치도 마찬가지였다.

"까짓것 해보죠."

"진심이지?"

"조금만 기다려 봐요. 내가 신인 고등학교 감독 팬티까지 탈탈 털어버릴 테니까."

스티브 코치가 노트북을 들고 자리에서 일어났다. 그렇게 세명 고등학교의 대통령배 목표는 타도 신인고로 정해졌다.

<h1 style="text-align:center">3</h1>

"건호야, 내가 진짜 선발로 나가도 괜찮을까?"

"왜? 마창고 싫어? 그럼 원래대로 신인고로 바꿔줄까?"

"아니! 절대! 네버! 그딴 소리 함부로 하지 마라."

"그럼 잘해, 인마. 나도 네 덕에 신인고 좀 피해보게."

"그래, 응원 고맙…… 잠깐, 그거 나보고 지란 소리냐?"

"농담이야, 인마. 그러니까 쫄지 말라고. 너 요즘 공 좋아."

"정말? 내 공이 좋아?"

"좋을걸? 아마 그럴 거야. 그러니까 널 믿지 말고 상원이 믿고 던져. 알았지?"

박건호의 성의 없는 격려가 통한 것일까. 이신영은 마창 고등학교를 상대로 눈부신 호투를 선보였다.

6이닝 1실점. 9개의 안타와 3개의 사사구를 내주며 매 이닝 위기를 자초했지만 3개의 병살타를 솎아내며 악착같이 강판의 고비를 넘겼다.

반면 마창 고등학교 선발 투수 김창수는 3회부터 급격하게 흔들렸다. 1회와 2회를 비교적 잘 막았지만 3회 초 연속 사사구 이후 안승혁에게 2타점 2루타를 얻어맞은 게 화근이었다.

"투수 바꿔!"

마창 고등학교 하석중 감독은 우완 김창수를 내리고 좌완 성신일을 투입했다. 에이스로 불릴 만한 투수가 없는 상황에서 성신일은 김창수 다음으로 믿을 만한 카드였다.

"다 죽었어!"

3회와 4회를 무실점으로 틀어막을 때까지만 해도 성신일 교체는 성공적으로 보였다.

하지만 5회 초 한승렬에게 안타를 허용하면서 주춤거리더니 안승혁에게 2점 홈런을 내주며 그대로 무너져 버렸다.

"젠장! 승우 어딨어?"

하석중 감독은 또다시 투수를 바꿨다. 성신일을 대신해 3학년 트리오 중 가장 빠른 공을 던지는 박승우를 마운드에 올렸다.

퍼엉!

최고 구속 149㎞/h에 달하는 박승우의 포심 패스트볼은 분명 위협적이었다. 하지만 애석하게도 박승우는 제구가 불안했다.

5회는 타자들이 적극적으로 방망이를 휘둘러 준 덕분에 요행이 넘겼지만 6회는 달랐다.

박승우의 공이 전체적으로 높다는 걸 파악한 세명 고등학교 벤치에서 기다리라는 사인이 나오면서 스트레이트 볼넷만

3개를 내주었다.

결국 한승렬의 주자 일소 3루타와 안승혁의 희생 플라이가 나오면서 세명 고등학교는 8 대 1로 6회 콜드 게임 승리를 거두었다.

"뭐야? 승률 60퍼센트라며?"

"그, 그러게요."

"뭐가 잘못된 거야? 우리 전력을 형편없이 깎아댄 거야, 아니면 마창 고등학교를 과대평가한 거야?"

"그게…… 지난번에 컴퓨터가 바이러스에 걸려서……."

"시끄럽고, 신인 고등학교 전력 분석은 제대로 해."

"물론입니다. 저만 믿으세요!"

마창 고등학교를 너무 쉽게 이겼다는 이유로 조기하 감독에게 잔소리를 들은 스티브 코치는 밤잠을 잊어가며 전략 분석에 열을 올렸다. 덕분에 강승현에 대한 공략법이 어느 정도 그려지기 시작했다.

"그러니까 강승현이 투수전에 약하단 말이지?"

"네, 정확하게 말하자면 압박에 약합니다."

"위기관리 능력은 좋은 거 같은데?"

"그거야 타자들이 넉넉하게 점수를 뽑아준 경기가 많으니까요. 하지만 점수 차가 박빙이거나 반대로 선취점을 내준다면 강승현도 흔들릴 겁니다."

"그런데 말야. 이건 모든 투수에게 공통적으로 적용되는 사안 아니야?"

"어, 어쨌든 강승현을 잡기 위해서는 1회에 선취점을 뽑아내는 게 중요합니다.

"그게 가능한 시나리오야?"

"네, 강승현은 1회 실점률이 가장 높으니까요."

냉정하게 봤을 때 스티브 코치의 정보는 특별히 대단할 게 없었다.

강승현을 비롯해 고교 야구의 선발급 투수 대부분이 1회에 약한 모습을 보였다. 아무래도 훈련하던 곳과 경기를 치르는 곳의 분위기가 다르다 보니 적응하는 데 시간이 필요했다. 그래서 1회 실점률이 높은 편이었다.

뿐만 아니라 거의 대부분의 투수가 압박을 견디지 못했다. 주자가 없을 땐 잘 던지던 투수가 주자만 나가면 볼질로 무너지는 경우도 많았고 타자에게 맞지 않겠다고 유인구만 던지다 자멸하는 경우도 흔했다.

하지만 조기하 감독은 나름 만족스러운 표정을 지었다.

"그러니까 스티브, 자네 말은 강승현도 대단할 건 없다?"

"정답입니다. 155㎞/h라는 숫자에 속지 않는다면 충분히 공략 가능합니다."

스티브 코치가 하고 싶었던 말은 간단했다.

고교 최대어. 메이저 리그 스카우터들이 관심을 갖고 있는 미래의 메이저리거. 이딴 수식어를 전부 제쳐 놓는다면 강승현도 고교 3년생 투수일 뿐이라는 것이었다.

　"그런데 이번에는 제대로 분석한 거 맞아? 지난번처럼 데이터가 잘못되기라도 하면……."

　"노노! 걱정 마십시오. 이번에는 바이러스 검사 철저하게 했습니다."

　"후우. 좋아. 한번 믿어보지."

　조기하 감독은 스티브 코치의 조언대로 작전을 구상했다. 경기 초반 선취점을 내기 위해 9번 타자 이찬호를 2번으로 올렸다.

　그리고 2번이었던 고상민을 3번으로 내렸다. 박인찬과 이찬호, 둘 중 한 명이라도 루상에 나간다면 고상민에게 작전을 걸어 스코어링 포지션으로 보낸 뒤 4번 타자 안승혁이 불러들이도록 만들겠다는 계획이었다.

　"스티브, 이 작전이 성공할 가능성은?"

　"제 계산대로라면 50퍼센트입니다."

　"50퍼센트? 그건 모 아니면 도란 소리잖아?"

　"어차피 인생은 한 방이죠. 뭐 있나요?"

　반반의 확률이었지만 세명 고등학교 입장에서는 다른 방법이 없었다. 정공법으로 고교 최대어라 불리는 강승현을 무너뜨리기란 쉬운 일이 아니었다.

　게다가 강승현은 한번 분위기를 타면 구위가 좋아지는 타입이었다. 선취점을 내주는 순간 16강전은 강승현의 메이저리그 예비 쇼케이스로 변하고 말 것이다.

　"후우……."

　조기하 감독이 무겁게 한숨을 내쉬었다. 선수들이 그동안 열심히 따라와 줬지만 상대가 신인 고등학교라고 생각하니 마음 한구석이 돌을 얹어놓은 듯 답답하기만 했다.

　그러자 스티브 코치가 씩 웃으며 말했다.

　"걱정 마세요. 건호는 내일 잘할 겁니다."

　"확실해?"

　"네, 제 계산이 맞다면 내일 건호가 이길 확률은 50퍼센트입니다."

　"……."

4

　이튿날.

　세명 고등학교 야구부를 태운 버스가 목동 야구장으로 들어섰다.

　"와, 저거 방송국 버스 아냐?"

"어디? 어딘데?"

"영어 모르냐? KBX잖아!"

"16강전부터 중계한다더니 진짠가 본데?"

버스에서 내린 선수들이 맞은편에 정차되어 있던 KBX 중계 차량을 보며 호들갑을 떨어댔다. 올해 처음으로 참가한 전국 대회다 보니 방송국 차량만으로도 가슴이 콩닥콩닥 뛰는 것이다.

그런 세명 고등학교 선수들을 바라보며 먼저 와 있던 신인 고등학교 선수들이 코웃음을 쳤다.

"븅신들, 좋단다~"

"오늘 경기 중계하는 게 뭐가 좋다는 거지? 저 녀석들, 오늘 전국적으로 망신당할 텐데 말야."

1라운드에서 마창 고등학교를 콜드 게임으로 꺾고 올라왔다지만 세명 고등학교는 여전히 본선 진출 팀 중 최약체로 꼽혔다. 당연하게도 신인 고등학교 선수들은 세명 고등학교를 안중에도 두지 않았다.

"그런데 오늘 승현이가 나올 필요가 있냐?"

"그러게. 메이저 리그 스카우터들은 8강전에도 보러 올 텐데 말이야."

"멍청아. 그래도 세명 정도면 딱 좋잖아, 학살하기."

"아, 그런가?"

"그럼 오늘 승현이 탈삼진 쇼 보는 건가?"

선수들이 기대 어린 눈으로 강승현을 바라봤다. 그러자 강승현이 대답 대신 슬쩍 입가를 말아 올렸다.

고교 최강 팀으로 불리는 신인 고등학교 내에서도 강승현은 특별한 존재였다.

고교 최대어나 즉시 전력감 같은 뻔한 별명이 붙던 시절도 있었지만 봉황기와 황금사자기를 거치면서 강승현의 가치는 수직상승했다.

누군가는 10억 팔 한기주를 뛰어넘을 기재라고 했고 또 누군가는 한국이 아니라 메이저 리그에 도전할 만한 실력이라며 추켜세웠다.

그렇다 보니 신인 고등학교 내에서도 강승현은 예비 스타로 대우받고 있었다.

심지어 에이스와 신경전을 벌이게 마련인 신인 고등학교의 중심 타자들조차 강승현에게는 한 수 접어줬다. 긁히는 날에는 선동열의 재림이라 불릴 정도로 미친 공을 던지는 강승현은 적으로 만나기에 두려운 투수였다.

"야, 니들. 적당히 쳐라. 초반에 몰아쳐서 5회에 끝내지 말고."

강승현의 단짝인 포수 박명구가 중심 타선을 바라보며 말했다.

"알았다, 알았어. 첫 타석은 그냥 안타만 칠게. 됐지?"

3번 타순을 치고 있던 조승훈이 피식 웃었다. 콜드 게임으로 끝내라는 소리도 아니고 콜드 게임으로 끝나지 않게 힘 조절하라는 부탁은 얼마든지 들어줄 수 있었다.

"젠장, 그럼 난 왼손으로 쳐야 하나?"

오른손 타자인 5번 타자 김주엽이 너스레를 떨었다. 그러자 4번 타자 송지상이 한술 더 떴다.

"그럼 난 방망이를 거꾸로 들어야겠다. 그래야 공평하지. 안 그래?"

보란 듯이 농담을 주고받는 중심 타자들을 바라보며 강승현도 피식 웃고 말았다.

하는 짓은 실없어도 경기만 들어가면 셋은 서로 경쟁하듯 방망이를 휘둘러 댔다. 덕분에 최근 들어 6이닝 이상 던진 경기가 없을 정도였다.

'오늘은 5회에서 끝나려나?'

강승현의 느긋한 시선이 세명 고등학교 버스 쪽으로 움직였다.

그때였다.

"얘들아! 운동장 정리 끝났단다, 이제 들어가서 몸 풀자."

저만치서 김민승 코치가 다가와 소리쳤다. 그러자 다소 어수선하게 앉아 있던 선수들이 언제 그랬냐는 것처럼 2열 종대로 맞춰 섰다.

"그래그래, 명문이면 명문답게 본을 보여야지."

김민승 코치가 만족스런 얼굴로 웃었다. 그러고는 선수들과 함께 경기장 안으로 들어갔다.

그 모습이 잠깐 바람을 쐬러 나왔던 메이저 리그 스카우터들의 눈에 들어왔다.

"저기 오는군, 신인 고등학교."

"누가 강승현이지?"

"멍청아. 저기 있잖아, 강승현."

"프로필에서 봤던 것보다 좀 작아 보이는데?"

양키즈 스카우터 조이가 고개를 갸웃거렸다. 프로필상 강승현의 키는 182㎝였다. 하지만 육안으로 보기에는 170㎝ 중반쯤으로 느껴졌다.

"동양인이잖아. 체격 조건이 우리와는 좀 다르다고."

레드삭스 스카우터 필립이 한마디 했다. 메이저 리그에서야 라이벌 구단으로 불리고 있지만 고작 한국의 고등학교 야구 경기에서까지 척을 질 필요는 없다는 이유로 둘은 여러 정보를 공유하고 있었다.

게다가 양키즈와 레드삭스는 한국의 고교생에게 눈독을 들일 만큼 선수 자원이 부족하지 않았다.

지금 한국 고등학교 선수들을 체크하는 건 어디까지나 나중을 위한 데이터 수집 목적에 불과했다. 그래서 다른 스카우터들이 강승현, 강승현 거릴 때도 둘은 느긋하게 여유를 부릴 수 있었다.

"저 녀석, 정말 97마일을 던지는 거야?"

"올 초 최고 구속이 그 정도 나왔다니까. 믿어야지."

"저 체격에 97마일이라니. 후우……. 어디 한 군데 부러질 것 같은 느낌인데?"

"멍청아, 동양인을 우리 기준에서 판단하지 말라니까?"

"그래도 느낌상 아닌 건 아닌 거지. 저 정도 투수라면 또 몰라도."

입술을 삐죽거리던 조이의 시선이 뒤이어 경기장으로 들어오고 있는 선수단으로 향했다. 그중에서도 가장 앞쪽에 나란히 선 두 명의 덩치 큰 선수가 눈에 띄었다.

"와우, 덩치가 좋은데?"

필립도 눈을 반짝거렸다. 한국판 빅 유닛을 꿈꾼다던 195㎝의 투수도 만나 봤지만 마이너 리그의 선수들처럼 뭔가 단단하다는 느낌은 들지 않았다.

그런데 조이가 가리킨·선수들은 달랐다. 둘 다 키도 컸지만 체격이 다부졌다.

"누구지?"

"유니폼에 학교 이름이 쓰여 있는데…… 세…… 샘?"

"샘? 샘이면 세명? 신인 고등학교하고 맞붙을 학교잖아."

"거기 형편없는 학교라고 하지 않았어?"

"그랬지. 너와 내가 협회를 통해 받은 자료가 다르지 않다면 말이야."

"그런데 저런 판타스틱 베이비들이 있다고?"

"잠깐만."

필립이 다급히 세명 고등학교에 대한 자료를 살폈다. 단 한 번 훑어보고 말아서 침 때조차 묻지 않은 자료 속에는 문제의 판타스틱 베이비들의 프로필이 간략하게 실려 있었다.

"저 녀석들, 둘 다 180㎝는 넘는 것 같았지?"

"180뿐이야? 얼추 2미터는 되겠던데?"

"허풍 그만 떨고. 그렇다면 이 둘이네. 프로필상 가장 큰 두 명."

"어디 봐봐."

조이가 필립의 손에 들린 종이 중 앞장을 빼앗았다. 그곳에는 안승혁에 대한 정보가 담겨 있었다.

"오호, 이 녀석. 타자인데?"

"좌타자?"

"맞아, 포지션은 1루."

"주력은 어느 정도나 되지?"

"글쎄. 몸이 탄탄한 걸 봐서는 그리 굼뜨진 않을 것 같은데?"

"그래도 코너 외야수로 전향이 가능해야지. 1루수는 어렵다고."

잠시 들떴던 조이와 필립의 시선이 현실적으로 돌아왔다. 한 방 능력을 갖춘 1루수 좌타자는 메이저 리그에 널리고 널렸다. 안승혁이 정말 메이저 리그에서 성공하려면 수비 포지션을 바꾸는 게 최선이었다.

"그 녀석도 타자야?"

조이가 시선을 돌려 필립의 손에 들린 종이를 바라봤다. 그러자 필립이 씩 웃으며 말했다.

"투수야."

"투수? 강승현처럼 우완이야?"

"아니, 좌완."

"그래? 구속은? 뭘 더 던질 수 있는데?"

조이가 호들갑을 떨었다. 하지만 필립은 이내 말을 아꼈다.

"데이터상으로는 딱히 건질 게 없어. 하지만 내 느낌이 맞다면, 저 녀석 괜찮을 거 같아."

"그렇지? 너도 느낌이 딱 오지?"

"그래, 저 정도 하드웨어를 가진 투수는 흔치 않으니까."

"그럼 뭐하고 있어? 어서 가자고."

조이가 야구장 쪽으로 몸을 돌렸다. 본래 경기 중반 즈음에나 슬쩍 들여다볼 생각이었지만 판타스틱 베이비들이 출전한다면 이야기는 달랐다.

"너무 기대하진 마. 그러다 실망할 수도 있으니까."

필립이 피식 웃으며 조이의 뒤를 따랐다.

등번호 10번. 박건호라는 투수가 과연 프로필상 데이터에 불과한 투수인지 한번 지켜보고 싶어졌다.

7장
해제

1

"신인! 신인!"

"무적 신인! 워어어어어어!"

3루 측 내야 관중석은 신인 고등학교 응원단으로 가득 찼다. 그 숫자가 절대적으로 많은 건 아니었지만 워낙에 인기가 없는 고교 야구다 보니 신인 고등학교 응원석의 목소리가 경기장을 쩌렁쩌렁하게 울렸다.

"야, 박건호."

"왜?"

"오늘은 나한테 공 보내지 마라. 왠지 실책 10개쯤 할 것 같은 분위기니까."

3루수 한승렬이 신경질적으로 말했다. 표정을 보아하니 벌써부터 반쯤 진이 빨린 것 같았다.

"이래서 다들 신인을 싫어하는구나."

박건호도 이맛살을 찌푸렸다. 신인 고등학교는 응원으로 한 번 기를 죽이고 실력으로 또 한 번 기를 죽인다더니 그 말이 틀리지 않은 것 같았다.

'침착하자, 침착해.'

박건호는 애써 응원단을 외면했다. 그리고 안상원의 미트를 향해 힘껏 공을 내던졌다.

퍼엉!

바람을 가르며 날아간 공이 미트 속에 묵직하게 틀어박혔다. 하지만 안상원의 표정은 생각만큼 밝지 않았다.

'긴장했나? 공이 아침만 못한데?'

경기 시작 전의 연습 투구면 마지막 점검 차원에서 실전에 가깝게 던져야 했다. 100퍼센트 전력 피칭은 어렵더라도 마지막 순간에 공은 제대로 낚아채 줘야 했다.

그런데 들어오는 공마다 가벼웠다. 공도 전체적으로 들뜨는 것 같은 느낌이었다.

'이대로는 안 돼.'

안상원은 구심에게 양해를 구하고 마운드 위로 달려갔다.

그리고 박건호의 어깨를 붙잡고 말했다.

"너 왜 그래?"

"뭐가?"

"혹시 긴장한 거야?"

안상원이 진지한 얼굴로 물었다. 상대가 신인 고등학교이고 강승현이다 보니 박건호가 긴장하는 것도 무리는 아니라고 여겼다.

그러자 박건호가 진지한 얼굴로 되받아쳤다.

"내가 긴장을 왜 해?"

"……."

"농담한 거다. 긴장 좀 풀어, 인마."

박건호가 피식 웃으며 안상원의 어깨를 툭 때렸다. 박건호의 눈에 비친 안상원도 평소와는 다르게 표정이 굳어 있었다.

"너…… 상민이랑 다니지 마라. 아주 몹쓸 개그만 늘었네."

"몹쓸 개그라니. 나 어디 가서 재미있다는 말 많이 듣거든?"

"개드립 치는 거 보니까 겁먹은 건 아닌가 보네."

"내가 가리는 건 없지만 겁은 별로 안 좋아한다."

"욕 나오기 전에 그만해라."

안상원의 경고에 박건호가 냉큼 입을 다물었다. 그 모습이 지나치게 장난스러웠을까. 안상원이 무겁게 한숨을 내쉬었다.

"넌 긴장도 안 되냐?"

"뭐야, 긴장을 하라는 거야 말라는 거야?"

"적당히는 해야지, 적당히는. 시합이 장난이야? 오늘 상대가 누군 줄 몰라?"

"알지. 신인고. 올해 봉황기 우승. 황금사자기 준우승. 대통령배 우승 1순위. 설명 더 해줘?"

"그걸 아는 녀석이 웃기지도 않은 드립질이냐?"

"그럼 뭐? 다른 녀석들처럼 나도 잔뜩 긴장해서 벌벌 떨고 있을까?"

"누가 그러래?"

"그러니까 내 걱정 말고 너부터 긴장 풀어. 어디 불안해서 공 던지겠냐?"

박건호가 씩 웃으며 안상원의 가슴을 툭 하고 때렸다. 특별히 대단한 펀치는 아니었지만 그 한마디가 안상원의 정곡을 콕 찔러 들어왔다.

"그래, 너 잘났다."

안상원이 퉁명스럽게 말했다. 박건호는 아무렇지도 않은데 혼자 유난을 떤 것 같은 기분마저 들었다.

그러자 박건호가 이내 진지한 얼굴로 말했다.

"상원아."

"뭐, 인마."

"나 오늘 너만 믿고 던질 거다."

"……뭐?"

"나 입학 때부터 내 공은 거의 다 네가 받아줬잖아. 그러니까 나 오늘도 너만 믿고 던질 거라고."

"……."

"난 상대가 신인이고 강승현이고 그딴 거 신경 안 써. 그냥 올해 첫 전국 대회니까 최선을 다해 싸워볼 생각이야. 그러니까 쫄지 마, 인마. 내가 너 믿는 만큼 너도 너 자신을 믿어라. 그리고 나도 좀 믿어주고."

박건호의 한마디, 한마디가 안상원의 귀를 울리고 심장을 울렸다. 낯간지러운 소리는 질색하는 안상원이지만 이 순간만큼은…… 박건호가 정말 에이스답다는 생각이 들었다.

"뭐, 뭐라는 거야."

괜히 무안해진 안상원이 홱 하고 몸을 돌렸다. 때마침 구심이 자리로 돌아오라는 수신호를 보냈다.

"똑바로 던져라, 박건호."

포수석으로 달려가며 안상원이 한마디 던졌다.

"짜식……."

박건호의 입가에도 짓궂은 웃음이 번졌다.

하지만 그 여유는 그리 오래가지 않았다. 안상원이 포수석에 앉기가 무섭게 1번 타자 성은창이 좌타석으로 들어온 것이다.

'성은창. 올 시즌 전국 대회 타율만 3할 8푼대. 모든 경기 다 포함하면 4할 5푼대.'

성은창에 대한 데이터를 되뇌며 박건호가 천천히 긴장감을 둘렀다.

안상원 앞에서는 애써 멋있는 척 굴었지만 신인 고등학교 공격 선봉장이라는 성은창과 마주하니 자신도 모르게 가슴이 쿵쾅거렸다.

그런 줄도 모르고 안상원은 초구부터 과감한 공을 주문했다.

'이 자식은 바깥쪽 공 킬러야. 무조건 몸 쪽으로 집어넣어야 해.'

손가락은 하나. 미트 위치는 몸 쪽 낮은 쪽.

좌완 투수가 좌타자를 상대로 가장 던지기 껄끄러운 코스였다.

"후우……."

박건호는 다시 한번 숨을 골랐다. 불현듯 마음 한구석에서 고개를 젓고 싶다는 나약함이 치밀어 올랐다.

하지만 박건호는 이내 이를 꽉 깨물었다. 그리고 보란 듯이 고개를 끄덕였다.

'성은창, 무릎 조심해라.'

오늘따라 멀리 보이는 안상원의 미트를 향해 박건호가 있는 힘껏 공을 내던졌다.

후아앗!

그 공이 순식간에 성은창의 몸 쪽으로 파고들었다.

"윽!"

성은창은 반사적으로 몸을 움츠렸다. 박건호가 내던진 공이 그대로 자신의 옆구리를 맞힐 것 같은 착각이 들었다.

그러나 공은 성은창의 몸을 피해 그대로 안상원의 미트 속에 파묻혔다.

"스트라이크!"

구심이 가볍게 팔을 들어 올렸다. 그리고 잠시 후.

[155km/h]

전광판에 구속이 떠올랐다.

'뭐야 저거?'

구속을 확인한 신인 고등학교 고진욱 감독이 눈을 부릅떴다. 다른 코치들도 마찬가지. 죽기 살기로 던져도 150km/h를 못 넘길 거라는 박건호가 초구부터 강승현에 버금가는 공을 던졌다는 사실이 믿어지지가 않았다.

"시팔."

뒤늦게 전광판을 확인한 강승현은 손에 들고 있던 손톱 줄을 신경질적으로 내던졌다.

다 된 밥에 재 뿌리는 것도 아니고 메이저 리그 스카우터들이 보고 있는 경기에서 자신보다 먼저 155㎞/h라니. 절로 짜증이 치밀어 올랐다.

타석에서 벗어난 성은창은 반쯤 넋이 나간 얼굴이었다. 구속은 둘째 치고 정말 아슬아슬하게 스트라이크존으로 파고들어온 공은 다시 던져 준다 해도 공략하기 어려울 정도로 날카로웠다.

'이 자식 장난 아니잖아요!'

성은창의 시선이 신인 고등학교 더그아웃 쪽으로 향했다. 그러자 코치들이 하나같이 고개를 돌려 버렸다.

"후우……."

성은창은 길게 한숨을 내쉬었다. 다른 사람도 아니고 코치들이 박건호의 실력을 일부러 숨긴 건 아니겠지만 이 더러운 기분을 떨쳐 내기 어려웠다.

박건호에 대한 정보가 정확했다면 성은창도 타석에 들어서기 전부터 마음을 다졌을 것이다. 지금처럼 박건호를 얕잡아 보다 생각 이상으로 빠른 패스트볼 하나에 입을 쩍 하고 벌리지는 않았을 것이다.

'이번 타석은 힘들어…….'

타석에 들어서며 성은창은 욕심을 버렸다. 데이터대로 145 km/h 수준의 포심 패스트볼에 초점을 맞춰 훈련해 왔는데 곧바로 박건호의 빠른 공을 쫓아가기란 불가능한 일이다.

게다가 데이터가 전부 잘못됐다면 박건호의 다른 공을 대처하는 것도 쉽지 않아 보였다.

그러나 신인 고등학교 벤치는 이런 상황에서도 성은창이 출루해 주길 바랐다. 박건호에 대한 전략 분석이 잘못된 만큼 성은창이 어떻게든 살아 나가서 판을 흔들어주길 원했다.

'겁먹지 마. 별거 아냐. 시원하게 때려 버려!'

고진욱 감독을 대신해 박상민 타격 코치가 수신호를 보냈다.

'그렇게 자신 있으면 코치님이 쳐 보시든가요!'

차마 내뱉지 못한 말을 되삼키며 성은창이 방망이를 들었다. 그러자 기다리다 지친 박건호가 기다렸다는 듯이 공을 내던졌다.

후앗!

이번에도 공은 몸 쪽으로 날아들었다. 초구에 날아온 패스트볼보다는 느린, 느낌상 마지막 순간에 스트라이크존 안으로 휘어져 들어갈 것 같은 공이었다.

'슬라이더!'

성은창이 감각적으로 방망이를 휘둘렀다. 그러나 방망이

손잡이 쪽에 걸린 공은 1루 파울라인을 따라 데굴데굴 구르더니 1루 베이스를 밟고 있던 안승혁의 글러브 속에 쏙 하고 들어가 버렸다.

"아웃!"

1루심이 가볍게 오른손을 들어 보였다. 먹힌 타구라 파울라인 밖으로 벗어날 줄 알았던 성은창은 타석에서 몇 발 움직여 보지도 못하고 더그아웃으로 몸을 돌리고 말았다.

"좋아! 좋아!"

"건호야, 그렇게만 해!"

박건호가 까다로운 1번 타자 성은창을 공 2개로 잡아내자 내야수들의 표정이 밝아졌다.

세명 고등학교 코칭스태프도 안도의 한숨을 내쉬었다. 이제 고작 원 아웃이지만 신인 고등학교 1번 타자인 성은창을 잡아낸 건 시사하는 바가 컸다.

올해 전국 대회 5할대 출루율을 보이는 성은창이 첫 타석에 나갈 확률은 무려 80퍼센트가 넘었다. 그리고 성은창이 무사에 주자로 출루했을 때 신인 고등학교는 95퍼센트의 확률로 점수를 뽑아냈다.

마운드에 선 박건호야 대수롭지 않은 표정을 지었지만 조기하 감독을 비롯한 코치들은 뭐라 형용할 수 없는 위안을 받은 기분이었다. 마치 박건호가 '오늘 경기 쉽게 안 질 겁니다'

라고 말해주는 것만 같았다.

"신기준은 어때?"

조기하 감독이 한결 가벼워진 목소리로 물었다. 성은창이 사라진 타석에는 2번 타자 신기준이 들어와 있었다.

그러자 스티브 코치가 제갈량이라도 되는 것처럼 종이로 부채질을 하며 대답했다.

"작전 수행 능력이 좋은 타자입니다. 공도 잘 보고요. 하지만 성은창이 없을 때 타율은 대단할 게 없습니다. 딱 2할입니다."

워낙에 성은창이 루상에 있던 상황이 많아서 표본 자체가 적었지만 신기준이 성은창 덕을 본 건 부정할 수 없는 사실이었다.

'맘껏 던져.'

신기준의 데이터를 꿰고 있던 안상원도 초구부터 보란 듯이 몸 쪽 사인을 냈다. 박건호도 망설이지 않고 안상원의 미트를 향해 힘껏 공을 내던졌다.

퍼엉!

묵직한 포구음과 함께 공이 사라졌다. 그리고 잠시 후.

[154km/h]

전광판에 또다시 150이 넘는 구속이 찍혔다.

"빌어먹을."

신기준은 질근 입술을 깨물었다. 대기 타석에서 봤을 때도 상당히 빠르다고 여겼는데 박건호의 손끝을 빠져나온 공이 아웃코스에서 한복판을 지나 몸 쪽으로 찔러 들어오니 도저히 타이밍을 잡을 수가 없었다.

'역시.'

신기준의 반응을 살핀 안상원은 2구도, 3구도 연속으로 몸 쪽 포심 패스트볼을 요구했다. 그리고 박건호는 안상원의 요구에 정확하게 부응했다.

퍼엉!

"스트라이크, 아웃!"

묵직한 포구음이 들리기가 무섭게 구심이 삼진을 외쳤다. 신기준이 너무 깊었다는 표정을 한 번 지어봤지만 구심의 판정은 달라지지 않았다.

3구 삼진.

그리고 투 아웃.

예상과 전혀 다른 상황이 전개되자 KBX 중계진도 당황하기 시작했다.

-박건호 선수, 이번 대회 첫 번째 삼진을 잡아냈는데요.

─공이 상당히 좋은데요? 작년 기록으로는 직구 최고 구속이 140대 중반으로 나와 있는데 말입니다.

 ─고교 선수야 하루가 멀다 하고 쑥쑥 자라니까요.

 ─게다가 세명 고등학교도 이번 대통령배가 올해 처음으로 참여하는 전국 대회니까 데이터가 부족한 건 어쩔 수 없어 보입니다.

 ─어쨌든, 박건호 선수. 전체적으로 안정감이 느껴집니다. 투구 폼도 자연스럽고 공도 빠른 편이고요. 거기에 좌완의 이점까지 가지고 있으니 경험만 쌓는다면 프로에서도 좋은 활약을 펼칠 것 같은 느낌이 듭니다.

 ─그렇다면 오늘 경기는 어떨까요? 신인 고등학교 선발이 현 고교 투수 랭킹 1위인 강승현 선수인데요.

 ─글쎄요. 솔직히 신인 고등학교가 이대로 박건호 선수에게 끌려 다닐 것 같지는 않은데요.

 해설자의 말이 끝나기가 무섭게 3번 타자 조승훈이 박건호의 포심 패스트볼을 힘껏 잡아당겼다. 그 타구가 어찌나 크던지 우측 파울라인을 벗어난 뒤에도 계속 날아가 외야석 상단에 떨어졌다.

 "좀 빨랐나?"

 잔뜩 상기된 얼굴을 감추며 조승훈이 느긋하게 타석에 들어섰다. 그러면서 길게 입가를 찢었다. 그렇게 하면 박건호와 안상원이 지레 겁을 먹을 거라 여겼다.

하지만 안상원은 조승훈의 도발에 넘어가지 않았다. 성은창이 스코어링 포지션에 나가 있다면 또 모르겠지만 지금까지의 분위기는 누가 뭐래도 세명 고등학교가 앞서고 있었다.

'운 좋게 얻어걸린 걸로 허세 부리지 마라. 이 한승렬 같은 놈아.'

안상원이 무표정한 얼굴로 손가락을 움직였다.

구종은 이번에도 포심 패스트볼.

그러고는 미트를 또다시 조승훈의 몸 쪽에 가져다 붙였다. 조승훈이 걷어낸 초구보다 조금 높고, 조금 더 깊은 곳으로 말이다.

"후우……."

박건호가 천천히 고개를 끄덕였다.

조승훈이 때려준 큼지막한 파울 덕분일까. 살짝 긴장이 풀렸던 박건호가 기합까지 내지르며 투수판을 박찼다.

후아앗!

요란한 바람 소리와 함께 새하얀 공이 조승훈이 몸 쪽으로 날아갔다.

"어딜!"

조승훈이 이를 악물고 방망이를 휘돌렸다. 초구의 궤적이 머릿속에 선명한 상황이었다. 타이밍만 잘 맞춘다면 담장 밖으로 넘겨 버릴 자신이 있었다.

그러나 공은 조승훈의 예상보다 높게 날아들었다. 마치 중력을 무시하듯 초구처럼 떨어지지 않고 그대로 방망이 윗면을 스쳐 지나가 버렸다.

퍼엉!

묵직한 포구 소리가 조승훈의 귓불을 때렸다.

"스트라이크!"

구심의 콜이 확인 사살을 하듯 뒤따라 울렸다.

"크으!"

조승훈의 입에서도 억눌린 신음이 터져 나왔다.

분명 잡았는데. 잡았다고 여겼는데.

마지막 순간에 공이 시야 너머로 사라져 버렸다.

조승훈은 냉큼 포수석을 돌아봤다. 그러자 안상원이 기다렸다는 듯이 미트를 살짝 들어 올렸다.

'저 높이로 들어왔다고?'

조승훈이 미간을 찌푸렸다. 분명 초구와 별 차이가 없다고 여겼는데 막상 포구 위치는 예상보다 공 3개 이상 높아 보였다.

'처음 공은 포심 패스트볼이 아니었나? 아니면 내가 잘못 본 건가?'

조승훈의 눈빛이 복잡해졌다. 초구를 볼 때까지만 해도 박건호의 포심 패스트볼을 때려낼 자신이 있었는데 지금은 어떤 궤적이었는지조차 기억이 나질 않았다.

"헷갈릴 거다."

1루 베이스 라인에 서 있던 안승혁이 쓴웃음을 지었다. 조승훈의 표정을 보니 불현듯 몇 달 전 박건호에게 당했던 씁쓸한 기억이 떠올랐다.

본래 박건호는 낮은 코스의 스트라이크를 잘 던지지 못했다. 체격도 크고 팔도 긴 데다가 투구 폼마저 딱딱하니 억지로 낮게 제구하려 들면 대부분 원바운드성 폭투로 이어졌다.

반면 다른 투수들이 부담스러워하는 하이 패스트볼은 곧잘 던졌다. 전임 최병철 감독이 위험하다며 절대 던지지 말라고 당부했지만 위기에 몰리면 위력적인 하이 패스트볼로 곧잘 타자들을 잡아냈다.

조기하 감독이 박건호의 투구 폼을 변경하려 했던 주된 이유도 바로 이 부분 때문이었다. 극단적인 오버 핸드 스타일로는 지금처럼 낮은 코스의 스트라이크존을 공략하기 어려울 거라고 판단한 것이다.

다행히 오버 핸드에서 스리쿼터로 바꾸면서 박건호의 제구 능력은 놀라울 정도로 향상됐다. 이제는 낮은 코스의 포심 패스트볼도 문제없이 던졌다. 구속도 잘 나오고 무브먼트도 좋아졌다.

하지만 정작 조기하 감독을 비롯해 코치들과 선수들이 감탄한 변화는 따로 있었다.

바로 하이 패스트볼.

박건호의 체격 조건상 가장 편하게 던질 수 있는 그 공이 무서울 정도로 좋아진 것이다.

투구 폼 변경으로 릴리스 포인트가 변하면서 공의 출발점은 예전보다 낮았다. 그 공이 거의 일직선으로 타자에게 날아왔다. 중력의 법칙을 무시하듯 거의 떨어짐이 없이 말이다.

물론 카메라 촬영을 통해 살펴본 박건호의 하이 패스트볼도 낙폭은 있었다. 그런데 그 낙폭이 낮은 코스의 포심 패스트볼을 던질 때보다 훨씬 적었다.

제구에 신경 쓰지 않고 전력을 다해 던져서인지는 몰라도 구속도 빨라지고 무브먼트도 더 살아났다. 그렇다 보니 타자의 눈에는 전혀 다른 공으로 보일 수밖에 없었다.

안승혁은 아직도 박건호의 저 하이 패스트볼을 완벽하게 잡아내지 못했다. 운 좋게 타이밍이 걸려 안타를 때려낸 적은 있지만 그때마다 방망이가 크게 울려 손바닥뼈가 아플 정도였다.

'건호를 얕잡아 보는 건 자유인데 그런 식으로는 건호 공 절대 못 칠 거다.'

박건호가 투구 동작에 들어가자 안승혁이 냉큼 자세를 낮췄다. 그리고 언제든지 타구에 대응할 수 있도록 마음의 준비를 했다.

하지만…….

퍼엉!

박건호의 손끝을 빠져나간 새하얀 공은 조승훈의 스윙보다 먼저 바깥쪽 높은 코스에 틀어박혀 버렸다.

"스트라이크, 아웃!"

구심의 삼진 콜이 요란하게 울렸다. 그사이 안승혁이 슬쩍 전광판을 바라봤다.

[154km/h]

그러나 귀신에 홀린 듯한 조승훈의 표정을 보니 체감 구속은 160km/h는 될 것 같았다.

"무슨 1회부터 힘을 빼고 그래? 살살 던져, 인마."

안승혁이 박건호의 엉덩이를 툭 하고 때렸다. 동료이긴 하지만 갑자기 저만치 앞서 달려가는 박건호를 보고 있자니 왠지 얄미워졌다.

그러자 박건호가 피식 웃으며 대답했다.

"그럼 하나 때려주든가."

"와, 대놓고 부담 주는 거냐?"

"그럼 승렬이한테 4번 넘겨, 인마."

"쳇, 그러느니 하나 때리고 만다."

박건호의 호투 덕분인지 세명 고등학교 더그아웃의 표정은 밝았다. 코칭스태프는 물론이고 조금 전까지 바짝 얼어붙어 있던 선수들도 다들 여유를 되찾았다.

'별것도 아닌 것들이.'

비어 있는 마운드로 올라선 강승현이 눈매를 일그러뜨렸다. 휘명 고등학교나 경복 고등학교도 신인 고등학교 앞에서는 긴장감을 늦추지 않는데 고작 세명 고등학교 따위가 시시덕거리는 꼴을 봐줄 수가 없었다.

파앙!

강승현이 힘껏 내던진 공이 박명구의 미트에 처박혔다.

"크으, 좋다!"

박명구가 소주라도 들이켠 것처럼 추임새를 넣었다. 연습 투구였지만 손바닥을 타고 전해지는 묵직함이 예사롭지 않게 느껴졌다.

연습 투구가 끝나고 세명 고등학교의 1번 타자 박인찬이 타석에 들어왔다. 1회 초 분위기는 좋았지만 신인 고등학교의 에이스 강승현을 처음으로 상대해야 한다는 부담감 때문인지 박인찬의 얼굴은 살짝 굳어 있었다.

'잘 봐라. 이게 바로 현 고교 최고 투수의 공이니까.'

박명구는 보란 듯이 미트를 한복판으로 들어 올렸다.

첫 타자를 상대로 한복판 포심 패스트볼.

한 수 아래 팀을 상대로 강승현이 보여주는 시건방진 퍼포먼스 중 하나였다.

강승현은 가볍게 고개를 끄덕였다. 그리고 박명구의 미트를 향해 힘껏 공을 내던졌다.

후아앗!

강승현의 손가락을 빠져나온 새하얀 공이 박인찬의 눈에 들어왔다. 그런데…… 그 공이 생각만큼 빠르게 느껴지지 않았다.

'칠 수 있어!'

박인찬이 이를 악물고 방망이를 내돌렸다.

따악!

방망이 끝 부분에 걸린 공이 그대로 백네트 뒤쪽으로 튕겨져 나갔다.

"크으!"

박인찬의 입에서 절로 아쉬움이 터져 나왔다. 긴장하지 않았다면 충분히 때릴 수 있는 공이었는데 강승현이라는 이름에 주눅 든 나머지 제대로 방망이를 휘돌리지 못했다.

하지만 그것만으로도 강승현은 충분히 열이 받은 상태였다.

'이 자식이!'

강승현이 까득 이를 깨물었다. 그러고는 또다시 한복판으로 포심 패스트볼을 내던졌다.

후아앗!

강승현의 손가락을 빠져나온 새하얀 공이 초구보다 더 빠르게 홈 플레이트 쪽으로 날아들었다. 박인찬이 다급히 방망이를 휘돌려 공을 맞혀냈지만 이번에도 타구는 백네트 뒤쪽으로 넘어가고 말았다.

'젠장, 속았다.'

투 스트라이크.

순식간에 볼카운트가 몰리자 박인찬은 강승현−박명구 배터리의 계략에 넘어갔다고 생각했다.

그러나 정작 박명구는 당혹감을 감추지 못했다.

'이 자식들…… 대체 뭐야?'

현 고교 야구 최대어로 꼽히는 신인 고등학교 에이스 강승현이 던진 포심 패스트볼이었다. 전광판에 무려 154㎞/h라는 구속이 연달아 찍힐 정도로 빠른 공이었다. 그런데 이 공이 연속해서 방망이에 걸렸다. 마치 강승현의 공에 맞춤 훈련이라도 해온 것처럼 말이다.

박명구의 시선이 잠시 세명 고등학교 더그아웃 쪽으로 움직였다. 정확하게는 한가롭게 음료를 들이켜고 있는 박건호에게 향했다.

그러나 박인찬이 강승현의 공을 따라잡은 비결은 따로 있었다.

"인찬이가 공을 맞히는데요?"

"조 이사장님이 마련해 주신 피칭 머신이 효과가 있었나 봅니다."

조태식 이사장은 어려운 분위기 속에서도 대통령배 본선 진출을 이룬 야구부에 감사의 선물을 하고 싶어 했다.

이미 장비나 운동장 개보수 등 적잖은 투자가 이루어졌지만 선수들의 실력 향상에 이사장으로서 도움이 되고 싶다고 말했다.

조기하 감독은 코치진과 논의 끝에 최신식 피칭 머신을 요구했다. 기존의 피칭 머신이 노후화되면서 150㎞/h 이상의 공이 제대로 구현되지 않았기 때문이다.

"한 대라도 좋으니 괜찮은 걸로 부탁드립니다."

피칭 머신은 기능과 최고 구속에 따라 가격이 천차만별이었다. 100만 원대 보급형에서 500만 원 이상 최고급형까지 가격 차이가 커서 조기하 감독은 큰 기대를 걸지 않았다. 그저 조태식 이사장이 너무 저렴한 피칭 머신만 사들고 오지 않기를 바랐다.

그런데 조태식 이사장의 씀씀이는 조기하 감독과 코칭스태프의 예상을 훌쩍 뛰어넘었다. 프로 구단에서 사용한다는 최고급 피칭 머신을 세 대나 가져온 것이다.

"제가 잘 몰라서 이렇게 가져와 봤는데 어떻습니까? 쓸 만한가요?"

보란 듯이 능청을 떠는 조태식 이사장을 향해 조기하 감독은 양손 엄지를 들어 올렸다.

그리고 그날 이후로 세명 고등학교 야구부는 강승현의 포심 패스트볼 맞춤 훈련에 들어갔다. 최고 165km/h까지 구현이 가능한 기계라 강승현의 최고 구속인 155km/h는 무리 없이 작동했다.

보름여간의 특훈 덕분에 세명 고등학교 타자들은 150km/h가 넘는 빠른 볼에 어느 정도 적응할 수 있었다. 박건호와의 라이브 피칭 때 헛스윙만 해대던 타자들이 이제는 엇비슷하게 방망이를 내돌릴 정도가 됐다.

하지만 고작 그 정도 준비만으로 교고 최대어인 강승현을 무너뜨리기란 쉽지 않았다.

피칭 머신의 공과 살아 있는 선수의 공은 다르다. 특히나 강승현의 포심 패스트볼은 메이저 리그에서 눈독을 들일 만큼 무브먼트가 좋았다.

"스트라이크, 아웃!"

몸 쪽을 파고든 3구 포심 패스트볼까지 걷어낸 박인찬은 4구째 바깥쪽을 파고든 포심 패스트볼에 파울 팁 삼진으로 물러나고 말았다. 잘 쫓아가긴 했지만 공이 도망쳐 버린 탓에 제대로 건드리질 못했다.

2번 타자 고상민은 유격수 앞 땅볼로 물러났다. 초구와 2구째 들어온 포심 패스트볼을 넋 놓고 지켜볼 때까지만 해도 불안했었는데 3구째 들어온 커브와 4구째 포심 패스트볼을 걷어내더니 끝내 풀카운트 승부까지 끌고 가 강승현을 질리게 만들었다.

3번 타자 한승렬도 모처럼 중심 타자로서 존재감을 뽐냈다. 신인 고등학교 3번 타자 조승훈이 그랬던 것처럼 강승현의 초구를 있는 힘껏 잡아당겨 큼지막한 파울을 만들어냈다.

"얻어걸렸네."

"얻어걸린 거 확실해."

세명 고등학교 선수들은 한승렬의 파울에 별다른 의미를 부여하지 않았다. 본래부터 스윙 하나는 안승혁급이었던 만큼 어쩌다 방망이에 걸린 거라고 웃어넘겼다.

하지만 포수 박명구의 생각은 달랐다. 초구가 슬라이더였으니 망정이지 포심 패스트볼이었다면 충분히 장타로 이어졌을 거라고 여겼다.

'어렵게 승부해야 해.'

박명구의 까다로운 요구에 강승현은 몇 번이고 고개를 내저었다. 데이터상 대단할 게 없는 한승렬을 굳이 신경 쓰고 싶은 마음이 없었다.

그러나 제 욕심에 던진 몸 쪽 포심 패스트볼이 또다시 큼지막한 파울로 이어지자 강승현도 표정이 굳어졌다.

'젠장할!'

결국 강승현은 박명구의 요구대로 변화구로 유인해 한승렬을 삼진으로 잡아냈다.

땅볼 하나, 삼진 2개.

결과만 놓고 보자면 강승현다운 피칭이었다.

하지만 더그아웃으로 내려가는 강승현의 표정은 짜증으로 가득 차 있었다. 신인 고등학교 고진욱 감독의 표정도 마찬가지였다.

"이게 뭐야?"

고진욱 감독의 성난 얼굴이 코치들을 향했다. 그러자 수석 코치 역할을 겸하는 안희권 투수 코치가 조심스럽게 입을 열었다.

"아무래도 승현이의 포심 패스트볼에 초점을 맞추고 나온 것 같습니다. 박건호도 150㎞/h대의 빠른 공을 던지니까 그 공으로 연습한 게 아닐까 싶습니다."

"그래서? 누가 지금 상황을 설명하랬어? 어떻게 대처할지를 묻는 거잖아!"

고진욱 감독이 보란 듯이 짜증을 냈다.

"승현이에게는 변화구 위주로 타자들을 승부하라고 일러두겠습니다."

안희권 코치가 냉큼 답했다. 그러면서 타격 코치인 박상민 쪽을 힐끔 바라봤다.

자연스럽게 고진욱 감독의 시선이 박상민 코치에게 향했다. 그러자 박상민 코치가 움찔 놀라더니 뻔한 말을 늘어놓았다.

"타, 타자들은 아무래도 적응하는 데 시간이 걸릴 것 같습니다."

박건호의 공에 고전하는 건 어찌 보면 당연한 결과일지 몰랐다.

애당초 박건호에 대한 데이터 분석이 잘못됐다. 그래서 박건호와 비슷한 유형의 2학년 투수를 상대로 타이밍을 맞추는 훈련을 해왔다. 그걸 잠깐 사이에 확 바꾸기란 쉬운 일이 아니었다.

하지만 고진욱 감독은 그딴 소리나 들으려고 코치들을 닦달하는 게 아니었다.

"지금 그게 코치란 사람이 할 말이야?"

"그, 그게 아니라……."

"애들한테 알아서 맡길 거면 코치가 왜 필요해?"

고진욱 감독의 표적이 정해지자 안희권 코치는 슬그머니 빠져나와 강승현에게 다가갔다. 1회 말 피칭이 마음에 들지 않은 듯 강승현은 그때까지도 흥분을 가라앉히지 못하고 있었다.

강승현이 지금처럼 저기압이면 고진욱 감독조차 말을 붙이기 어려웠다. 감정적으로 동요하면 급격히 무너지는 스타일이라 이럴 땐 더더욱 건드리지 않았다.

하지만 1학년 때부터 강승현을 지도해 왔던, 어쩌면 지금의 강승현을 만들었다고 해도 과언이 아닐 안희권 코치는 눈 하나 까딱하지 않았다. 오히려 아무렇지도 않게 강승현의 옆자리에 앉았다.

"승현아, 저 녀석들은 네 패스트볼만 노리고 있다."

"저도 알아요."

"그냥 무작정 휘두르는 게 아니라 얼추 맞춰 나간다고. 그렇다고 네가 지금보다 더 빠른 공을 던질 수는 없는 일이잖아. 안 그래?"

"후우……."

"그럼 이제 어떻게 해야 할까? 메이저 리그 스카우터들 너 보러 왔는데 경기 후반 힘 빠져서 얻어맞는 모습 보여줄래?

아니면 강승현은 포심 패스트볼뿐만 아니라 변화구도 수준급이라는 걸 보여줄래?"

강승현은 대답 대신 질근 입술을 깨물었다.

빙빙 돌려 말했지만 안희권 코치의 조언은 간단했다. 세명 고등학교 타자들을 휘명 고등학교나 경복 고등학교급 타자로 생각하고 상대하라는 소리였다.

자존심이 상했지만 강승현은 이내 고개를 주억거렸다. 안희권 코치의 말대로 메이저 리그 스카우터들이 지켜보는 상황에서 세명 고등학교 따위에게 망신을 당할 수는 없는 노릇이었다.

"명구야, 내 말 무슨 소리인지 알아들었지?"

안희권 코치가 옆쪽에 앉은 포수 박명구를 바라봤다.

"넵, 코치님. 유인구 비중 높여서 상대하겠습니다."

박명구가 냉큼 고개를 끄덕였다. 강승현에게 대놓고 말을 하진 못했지만 그 역시도 볼 배합을 바꿔야 한다는 데 전적으로 공감하고 있었다.

결과적으로 안희권 코치의 조언은 통했다.

4번 타자 안승혁에게 큼지막한 중견수 플라이를 얻어맞은 걸 제외하고 강승현은 2회와 3회까지 6명의 타자를 힘들이지 않고 잡아냈다.

이에 질세라 박건호도 2회와 3회를 무실점으로 틀어막았다.

최고 구속 155km/h까지 찍힌 포심 패스트볼의 위력은 놀라웠다.

누구든 하나는 꼭 터진다는 신인 고등학교 다이너마이트 타선도, 끈질기게 물고 늘어져 투수를 지치게 만든다는 7-8-9번 도베르만 하위 타선도 박건호의 포심 패스트볼에 타이밍을 잡지 못했다.

0 대 0.

그 누구도 예상치 못한 투수전이 전개되는 가운데 신인 고등학교의 4회 초 공격이 시작됐다.

"박 코치."

"네, 감독님."

"타순이 한 바퀴 돌았으니까 이제 기대해도 되겠지?"

신인 고등학교 고진욱 감독이 박상민 타격 코치를 흘겨봤다.

"무, 물론입니다."

박상민 코치가 움찔 놀라며 고개를 끄덕였다. 그러고는 타석에 들어서려던 성은창을 재빨리 불러 세웠다.

"은창아! 잠깐만!"

"헉, 설마 대타예요?"

"대타는 무슨. 너 빼고 누가 1번을 치겠냐? 안 그래?"

박상민 코치의 너스레에 성은창이 가슴을 쓸어내렸다. 자주는 아니지만 오늘처럼 경기가 안 풀리는 날이면 고진욱 감독은 주전 선수들을 가차 없이 빼 버리곤 했다. 주전 선수라는 이유만으로 안이하게 플레이했다는 이유에서였다.

물론 이대로 경기가 계속 답답하게 진행된다면 고진욱 감독이 판을 흔들려 할 게 틀림없었다. 그 전에 박상민 코치는 자신이 할 수 있는 모든 걸 해볼 생각이었다.

"은창아, 번트 한번 대자."

"버, 번트요?"

"그래. 아까 보니까 3루수 수비가 영 별로더라. 저쪽으로 하나 굴리면……."

"코치님, 저 성은창인데요?"

"알아, 인마. 성은창. 현 고교 리그 최고의 교타자. 그래서 뭐? 이대로 경기 빠질래?"

"뭐, 뭐예요? 대타 아니라면서요!"

"지금 당장은 아니지만 너 이번에도 죽으면 감독님이 가만 있겠냐? 그렇지 않아도 영민이 녀석 예뻐하시는데."

포지션 경쟁자인 송영민 이야기가 나오자 성은창이 이를 악물었다. 3학년으로서 최대한 많은 경기에 출전해야 하는 성은창의 입장에서 송영민에게 밀릴 수는 없는 노릇이었다.

"할게요, 번트."

"그래, 잘 생각했다."

"대신 죽으면 코치님이 책임지세요."

"책임까지는 어렵고…… 내가 감독님께는 최대한 잘 둘러댈게."

"후우……. 알았어요."

성은창이 길게 숨을 내쉬었다. 그리고 아무렇지도 않은 얼굴로 타석에 들어섰다.

'뭐지? 볼 배합이라도 가르쳐 줬나?'

안상원은 힐끔 신인 고등학교 더그아웃 쪽을 바라봤다. 이 상황에서 성은창을 붙잡고 오래 얘기할 만한 거라고는 볼 배합밖에 없을 것 같았다.

고심 끝에 안상원은 손가락을 세 개 펼쳤다.

체인지업.

코스는 바깥쪽.

좌타자인 성은창 입장에서는 한복판으로 날아들다가 마지막 순간에 도망치며 가라앉는 공으로 보일 터였다.

박건호는 가볍게 고개를 끄덕거렸다. 그리고 안상원의 미트를 향해 힘껏 공을 내던졌다.

후앗!

손가락 끝에 제대로 걸린 공이 포심 패스트볼처럼 날아들었다. 순간 박건호의 입가로 웃음이 번졌다.

이 공은 못 쳐.

느낌상 성은창의 방망이를 피해 안상원의 미트 속에 파묻혀 들어갈 것 같았다.

그런데 정작 성은창은 무릎을 낮추더니 힘들이지 않고 방망이 중심부에 공을 맞혀 버렸다.

딱.

짧은 방망이 소리와 함께 타구가 3루 쪽으로 데굴데굴 굴러갔다. 3루수 한승렬이 뒤늦게 달려들어 타구를 잡았지만 그때는 이미 성은창이 1루에 헤드 퍼스트 슬라이딩을 감행한 뒤였다.

"세이프!"

1루심이 양팔을 요란스럽게 펼쳤다. 그와 동시에 신인 고등학교 응원석에서 떠나갈 듯 함성이 터져 나왔다.

"미안하다. 솔직히 기습 번트가 나올 거라고는 생각 못 했어."

안상원이 타임을 외치고 마운드에 올랐다. 아주 잠깐 기습 번트가 아닐까란 의심을 가지긴 했지만 현 고교 최강인 신인 고등학교가 고작 세명 고등학교를 상대로 그렇게까지 처절한 야구는 하지 않을 것이라고 넘겨 버리고 말았다.

"괜찮으니까 신경 쓰지 마. 대신 저 녀석 2루로 못 뛰게 잘 잡아줘."

"알았다."

박건호가 대수롭지 않게 웃어넘겼다.

투수는 누구든 안타를 맞을 수밖에 없다. 퍼펙트게임이나 노히트노런 같은 대기록을 평생에 한 번 달성하기도 어렵다는 게 그 사실을 방증했다.

박건호도 4회나 5회쯤에 한 번쯤 고비가 찾아올 거라 생각은 하고 있었다. 다른 학교도 아닌 신인 고등학교다. 이대로 호락호락 물러날 상대가 아니었다.

'괜찮아. 고작 안타라고. 이제 더 안 맞으면 되잖아?'

박건호는 애써 입가에 미소를 그렸다. 그리고 천천히 투수판을 밟았다.

그때 성은창이 보란 듯이 리드 폭을 넓혔다.

'저 자식이 어딜!'

박건호가 재빨리 1루를 향해 공을 던졌다. 하지만 그보다 먼저 성은창의 손이 1루 베이스에 닿았다.

"세이프!"

여유롭게 1루에서 산 성은창이 박건호를 향해 히죽 웃어 보였다. 그러다 박건호가 투수판을 밟자 기다렸다는 듯 슬금슬금 리드를 넓혀 나갔다.

'크윽!'

박건호는 질근 입술을 깨물었다. 바로 코앞에 하필 발 빠른 성은창이 나가 있으니 신경 쓰지 않으려 해도 신경이 쓰일 수밖에 없었다.

자연스럽게 투구 밸런스도 흐트러졌다.

"볼!"

원 스트라이크 쓰리 볼에서 카운트를 잡기 위해 내던진 포심 패스트볼이 높게 날아들면서 신기준까지 루상에 내보내고 말았다.

무사 주자 1, 2루.

선취점을 낼 수 있는 이 절호의 기회가 중심 타선과 연결됐다.

'첫 타점은 내 몫이다!'

3번 타자 조승훈은 방망이를 단단히 움켜쥐었다. 그러고는 박건호가 2구째 내던진 몸 쪽 슬라이더를 힘껏 잡아당겼다.

따악!

먹힌 타구가 3루수 왼쪽으로 흘렀다. 3루수 한승렬이 몸을 날렸다면 얼마든지 더블플레이를 만들 수 있는 타구였다.

하지만 지난 경기까지 일취월장한 수비력을 보여주었던 한승렬은 하필 오늘 본래의 한승렬로 돌아가 버렸다. 그 타구를 멀뚱히 지켜만 보다가 내야 안타를 만들어주고 만 것이다.

유격수 고상민이 이를 악물고 쫓아가 타구를 건져 냈으나 타자 주자를 잡기에는 너무 늦었다.

주자 올 세이프.

4번 타자 송지상 앞에서 무사 만루의 밥상이 차려졌다.

—타구가 그렇게 빠르지는 않았는데요.

—그렇습니다. 3루수 한승렬 선수가 앞에서 끊어줬다면 결과가 달라졌을 텐데 안타깝습니다.

—여기서 실점을 한다면 오늘 경기가 어려워질 수도 있는데요.

—글쎄요. 그렇다고 여기서 투수를 바꾸기도 쉽지 않아 보입니다.

—말씀드리는 순간 세명 고등학교 조기하 감독이 마운드에 올라옵니다.

중계 카메라가 조기하 감독을 잡았다. 새까만 선글라스에 굳게 다문 입매가 당장에라도 박건호에게 쓴소리를 쏟아낼 것만 같았다.

하지만 조기하 감독의 목소리는 평소와 조금도 다름없었다.

"힘드냐?"

"조금요."

"그럼 바꿔줄까?"

"아니요."

"네가 할 수 있겠냐?"

"해보겠습니다."

"한 점, 아니, 두 점까진 괜찮아. 두 점은 우리도 얼마든지 쫓아갈 수 있다. 그러니까 겁먹지 마라."

"네, 감독님."

조기하 감독이 믿겠다며 박건호의 어깨를 툭툭 때렸다. 그러고는 다시 무표정한 얼굴로 더그아웃으로 돌아갔다.

그 모습을 조마조마한 얼굴로 지켜보던 신인 고등학교 선수들이 하나같이 입가를 비틀어 올렸다.

"투수 안 바꾸려는 거지?"

"크흐흐. 그럼 우리야 좋지!"

무사 주자 만루 상황에서 4번 타자 송지상이다. 앞선 타석에서는 박건호의 슬라이더에 당했지만 이번 타석에서는 뭔가 보여줄 것이라 확신했다.

타석에 들어선 송지상도 방망이를 단단히 추켜들었다. 그러면서 박건호의 유인구에 속지 말자고 다짐했다. 제아무리 강심장인 투수라 하더라도 이 상황에서 자신에게 정면 승부를 걸어올 리 없다고 여겼다.

안상원도 초구에 바깥쪽으로 흘러 나가는 슬라이더를 요구했다. 공을 직접적으로 스트라이크존에 집어넣는 건 여러모로 위험하다고 판단했다.

하지만 박건호가 고개를 저었다. 단순히 고집이 아니라 여기서 도망쳐 봐야 아무 소용없다는 걸 누구보다 잘 알고 있었다.

안상원의 사인에 연거푸 도리질을 치던 박건호가 이내 고개를 끄덕였다. 안상원도 무겁게 한숨을 내쉬며 미트를 받쳐 들었다. 그곳을 향해 박건호가 손에 움켜쥔 공을 있는 힘껏 내던졌다.

후아앗!

새하얀 공이 바람소리를 내며 날아들었다.

구종은 포심 패스트볼. 코스는 몸 쪽 옆구리 높이.

'미친놈!'

송지상이 길게 입가를 찢으며 방망이를 휘돌렸다.

"끝났군."

흥미진진한 눈으로 경기를 지켜보던 고진욱 감독도 쓴웃음을 흘렸다.

결과는 보나 마나였다. 무사 만루에서 4번 타자 송지상을 포심 패스트볼을 잡아내는 건 강승현급 투수에게도 어려운 일이었다.

―아아!

중계석에서도 아쉬움이 터져 나왔다. 그런데 방망이에 걸려들 것처럼 날아갔던 공이 마지막 순간 뻗어 오르는 듯하더니 그대로 안상원의 미트 속으로 빨려 들어가 버렸다.

퍼엉!

묵직한 미트 소리가 경기장의 함성 소리를 잠재웠다. 뒤이어 전광판에 떠오른 숫자가 모두를 경악하게 만들었다.

[157km/h]

"후우……."

자신이 새로 새긴 최고 구속을 바라보며 박건호가 씩 웃었다.

"다 죽었어."

자신만만해진 박건호의 시선이 송지상에게 향했다.

꿀꺽.

송지상이 자신도 모르게 마른침을 삼켰다.

to be continued

KILL THE DRAGON

킬 더 드래곤

백수귀족 현대 판타지 장편 소설

인간 VS 드래곤

지구를 침략한 드래곤!
3년에 걸친 싸움은 인간의 승리로 돌아갔지만
15년 후,
드래곤의 재침공이 시작되었다!

드래곤을 죽일 수 있는 건 오직 사이커뿐!

인류의 존망을 건 최후의 전쟁.
그 서막이 오른다!

Wish
Books

우지호 장편소설

빅 라이프

돈도 없고 인기도 없는 무명작가 하재건,
필사적으로 글을 써도
절망뿐인 인생에 빛은 보이지 않는데…….

어느 날,
그가 베푼 작은 선의가
누구도 믿지 못할 기적이 되어 찾아왔다!

'글을 쓰겠다고 처음 결심했던 때를
잊지 말게.'

무명작가의 인생 대반전!
지금 시작됩니다.

레벨업 어게인

LEVEL UP AGAIN

잘은 모르겠지만 과거로 돌아왔다.

최단 기간, 최고 속도 레벨 업, 노블레스 등급 클리어.
생각지 못했던 행운들에 시스템상 주어지는 위대한 이름,
앰플러스 네임까지.

모든 게 좋았다.
사랑했던 여자도 이젠 지킬 수 있을 것 같았다.

[앰플러스 네임 '빛의 성웅'이 성립됩니다.]

그런데 뭐냐. 이 요상한 이름은……?
나 그런거 아닌데. 아 진짜. 아니라니까요.

포테
POTENTIAL

어떤 사물에는 그것을 오랜 기간 사용한
사람의 잠재된 능력이 고스란히 담긴다.
그리고 난 그것을 사용할 수 있다.

천재 디자이너, 죽은 이도 살리는 명의,
감성을 울리는 피아니스트, 바람기 가득한 첩보원.
그 누구라도 될 수 있다. 단, 애장품만 있다면!

달인의 눈으로 세상을 바라보는,
유쾌한 민호의 더 유쾌한 애장품 여행기!

REBIRTH ACE 리버스 에이스

한승현 장편소설

프로 선수 16년. 코치 6년.

가늘고 길게 평범하게만 살아왔던
특출한 것 없는 야구 인생이었다.

그때 조금만 더 열심히 할걸.
고등학교 시절로 돌아간다면,
정말 좋은 투수가 될 수 있을 텐데……

**후회하며 잠든 그가 눈을 떴을 때,
그는 과거로 돌아와 있었다.**

불세출의 에이스가 되기 위한
한정훈, 그의 빛나는 인생이 시작된다!